名家散文
必讀系列

U0108838

葉聖陶

葉聖陶 著

李斌 導讀

中華教育

目錄

葉聖陶小傳

葉聖陶（1894—1988），字秉臣，筆名有郢、郢生、秉丞、翰先等。中國現代著名作家、出版家、語文教育專家。

1894年10月28日，葉聖陶出生在江蘇蘇州懸橋巷一個普通家庭，父親是一名賬房先生。1911年冬，葉聖陶從蘇州公立中學畢業後，做了十年小學教員。1921年6月，開始在中國公學教授中學國文，此後曾在多所中學和高校擔任國文教學工作。1923年，擔任上海商務印書館編輯，從此教書成為「兼職」，1927年，葉聖陶開始編輯《小說月報》，刊發了巴金、沈從文等新人的作品，受到文壇關注。1930年底，他辭去商務印書館的工作，改任開明書店編輯，主要從事文藝、教育類書籍及刊物的編輯出版工作，參加編輯的刊物有《中學生》、《中學生文藝季刊》、《文學》、《太白》、《開明少年》等。尤其是《中學生》雜誌，出版時間長，內容豐富，生動活潑，成為當時最受歡迎的學生刊物。

抗日戰爭爆發後，葉聖陶輾轉來到重慶，在那裏的巴蜀學校、國立戲校教課。後又來到成都，在四川省教育廳教育科學館任職並主持開明書店的編輯事務。抗日戰爭勝利以

後，葉聖陶舉家回到上海。在上海期間，葉聖陶除致力於開明書店的工作外，還積極參加中國共產黨領導的「中華全國文藝界抗敵協會」活動和文藝界反對蔣介石獨裁統治、爭取民主自由的鬥爭。1949 年 1 月初，葉聖陶離開上海乘輪船去香港，2 月底，偕同在港的一些進步文化人士，回到北平，參加中華全國文學藝術工作者第一次代表大會，被選為全國文聯委員和文協理事。中華人民共和國成立後，葉聖陶長期擔任出版界和教育界的領導工作，先後出任出版總署副署長、教育部副部長、人民教育出版社社長等職，並親自主持中小學教科書的編寫，為新中國的出版工作和語文教育工作做出了巨大貢獻。

葉聖陶是「五四」時期著名的小說家、詩人和童話作家。他的作品多次被選入中學國文教材，對青少年產生了很大的影響。葉聖陶在中學期間，就開始從事文學活動。1914 年起，他開始在《禮拜六》、《小說海》等雜誌上發表短篇文言小說。這些作品描寫了平凡人的悲劇，觸及到一些黑暗的社會現象。在「五四」新文化運動的影響和推動下，葉聖陶先後在《新潮》、《時事新報·學燈》、《晨報副鐫》等報刊上發表小說、新詩和關於婦女解放、教育改革的短論。

1921 年，他與周作人、茅盾、鄭振鐸等一同發起成立了「文學研究會」。此後，他遵循文學研究會「為人生」的寫實主義文學主張，以主要精力從事短篇小說創作，同時兼及新詩、散文、童話、戲劇等文學樣式，出版了小說集《隔膜》、《火災》、童話集《稻草人》、小說集《線下》、小說

集《城中》等集子。以樸實自然的寫作手法，揭露了社會的黑暗現象，描寫了小市民和知識分子的灰色生活，刻畫了各種類型的人物的生活面貌和性格特點，表達了變革不合理現實的要求和對美好生活的嚮往。

1928 年，葉聖陶應邀在《教育雜誌》「教育文藝」專欄連載長篇小說《倪煥之》，並於 1929 年出版單行本。《倪煥之》真實地反映了部分小資產階級知識分子由埋頭教育改革到參加羣眾革命運動，由自由主義發展到集體主義的曲折道路，被茅盾譽為「扛鼎之作」，是我國新文學史上較早出現的、反映知識分子生活和精神狀態的優秀長篇小說。抗日戰爭爆發後，葉聖陶創作了《春聯兒》、《鄰居吳老先生》等多篇反映普通老百姓抗戰的小說，歌頌了他們在平凡生活中的崇高氣節。

葉聖陶是 20 世紀中國最具影響力的語文教育家之一。他長期從事中小學及大學的國文教學，對語文教育工作十分熟悉和熱愛。1923 年，葉聖陶參與編輯了商務印書館的《初中國語教科書》，從此開始了編輯教科書的生涯。20 世紀 30 年代，他為開明書店編輯了《開明國語讀本》、《開明國文講義》、《國文百八課》、《初中國文教本》等多種中小學國文教科書。抗日戰爭勝利後，葉聖陶又編輯了《開明新編國文讀本》甲、乙二種，《開明文言讀本》、《開明高級國文讀本》等教科書。新中國成立後，葉聖陶出任人民教育出版社社長，主編全國通用的中小學語文課本。

除編輯教材外，葉聖陶還總結自己多年從事語文教育工作的經驗，寫成《作文論》、《文心》（與夏丏尊合著）、《文

章例話》、《文章講話》、《閱讀與寫作》（與夏丏尊合著）、
《精讀指導舉隅》（與朱自清合著）、《略讀指導舉隅》（與
朱自清合著）、《國文教學》（與朱自清合著）等語文研究論
著，對語文教學提出了很多精闢的見解。

　　此外，葉聖陶還通過編輯《中學生》雜誌，提出閱讀
與寫作的方法，很多成名作家，後來都承認自己是通過閱
讀《中學生》雜誌，才提高了文學寫作的水平。20 世紀上
半葉，人們對國文教學認識不足，或認為國文教學是國故教
學，或認為國文教學重在思想培養，或認為國文教學為文學
教學。而葉聖陶認為，國文教學最重要的任務是培養學生的
閱讀與寫作技能。新中國成立後，葉聖陶科學定義了「語
文」的概念，強調了語文教學中對聽說讀寫的訓練。葉聖陶
有關語文教育的論著，為我國語文教育體系的建立奠定了重
要基石。葉聖陶在語文教育上的觀點，長期以來被語文教育
界奉為圭臬，至今仍是中小學語文教學的核心理念。

沒有秋蟲的地方

導讀

本文刊於《文學》週刊第 86 期（1923 年 9 月 3 日出版），署名聖陶，後收入與俞平伯合著的《劍鞘》，又收入《葉聖陶集》第 5 卷。

這篇文章寫於上海。上海的住宅，是「井底似的庭院，鉛色的水門汀地」，在這樣的地方，「秋蟲早已避去惟恐不速」。在這聽不到秋蟲聲音的地方，作者深深地懷念着秋蟲，懷念着秋蟲鳴叫的環境：「白天與夜間一樣地安閒；一切人物或動或靜，都有自得之趣；嫩暖的陽光和清淡的雲影覆蓋在場上，到夜呢，明耀的星光和輕微的涼風看守整夜。在這境界、這時間裏惟一足以感動心情的就是秋蟲的合奏。牠們高低宏細疾徐作歇，彷彿經過樂師的精心訓練，所以這樣地無可批評、躊躇滿志。其實牠們每一個都是神妙的樂師，眾妙畢集，各抒靈趣，哪兒不成人間絕響的呢？」但這樣美妙的境界，只是在作者的想像和記憶裏罷了。作者對此情此景的懷念與嚮往，實際上透露着對城市「水門汀」生活的厭倦。

大都市遠離大自然，讓作者覺得空虛、寂寞。其實，哪一位遠離大自然的人，在城市的鋼筋水泥中不會覺得寂寞呢？

　　階前看不見一莖綠草，窗外望不見一隻蝴蝶，誰説是鶉鴣箱裏的生活，鶉鴣未必這樣枯燥無味呢。秋天來了，記憶就輕輕提示道：「淒淒切切的秋蟲又要響起來了。」可是一點影響也沒有，鄰舍兒啼人鬧弦歌雜作的深夜，街上輪震石響邪許[①]並起的清晨，無論你靠着枕頭聽，憑着窗沿聽，甚至貼着牆角聽，總聽不到一絲秋蟲的聲息。並不是被那些歡樂的、勞困的、宏大的、清亮的聲音淹沒了，以致聽不出來，乃是這裏根本沒有秋蟲。啊，不容留秋蟲的地方！秋蟲所不屑居留的地方！

　　若是在鄙野的鄉間，這時候滿耳朵是蟲聲了。白天與夜間一樣地安閒；一切人物或動或靜，都有自得之趣，嫩暖的陽光和輕淡的雲影覆蓋在場上，到夜呢，明耀的星月和輕微的涼風看守着整夜。在這境界、這時間裏惟一足以感動心情的就是秋蟲的合奏。牠們高低宏細疾徐[②]作歇，彷彿經過樂師的精心訓練，所以這樣地無可批評、躊躇滿志。其實牠們每一個都是神妙的樂師，眾妙畢集，各抒靈趣，哪有不成人間絕響的呢？

　　雖然這些蟲聲會引起勞人的感歎，秋士的傷懷，獨客的微喟[③]，思婦的低泣，但是這正是無上的美的境界，絕好的自然詩篇，不獨是旁人最喜歡吟味的，就是當境者也感受一種酸酸的麻麻的味道，這種味道在另一方面是非常雋永的。

---

① 　邪許（yéhǔ），擬聲詞，眾人齊用力時的呼喊聲。

② 　徐，舒緩、緩慢。

③ 　喟（kuì），歎氣。

大概我們所祈求的不在於某種味道，只要時時有點味道嘗嘗，就自詡為生活不空虛了。假若這味道是甜美的，我們固然含着笑來體味它，若是酸苦的，我們也要皺着眉頭來辨嘗它：這總比淡漠無味勝過百倍。我們以為最難堪而亟欲逃避的，惟有這個淡漠無味！

　　所以心如槁木不如工愁多感 ④，迷濛的醒不如熱烈的夢，一口苦水勝於一盞白湯，一場痛哭勝於哀樂兩忘。這裏並不是說愉快樂觀是要不得的，清健的醒是不必求的，甜湯是罪惡的，狂笑是魔道的，這裏只是說有味遠勝於淡漠罷了。

　　所以蟲聲終於是足繫戀念的東西。何況勞人、秋士、獨客、思婦以外還有無量數的人。他們當然也是酷嗜 ⑤ 趣味的，當這涼意微逗的時候，誰能不憶起那美妙的秋之音樂？

　　可是沒有，絕對沒有！井底似的庭院，鉛色的水門汀 ⑥ 地，秋蟲早已避去惟恐不速了。而我們沒有牠們的翅膀與大腿，不能飛又不能跳，還是死守在這裏。想到「井底」與「鉛色」，覺得象徵的意味豐富極了。

一九二三年八月三十一日作

④　工愁多感，多愁善感。

⑤　酷嗜（shì），非常喜愛。

⑥　水門汀，英語 cement 的音譯，水泥，有時也指混凝土。

藕 與 蒪 菜

導讀

　　本文刊於《文學》週刊第 87 期（1923 年 9 月 10 日出版），署名聖陶，後收入與俞平伯合著的《劍鞘》，又收入《葉聖陶集》第 5 卷。

　　藕與蒪菜都是普通的蔬菜，哪裏都能見着，但是在不同地方見着的，確有不同風味。上海是當時中國最為繁榮的大都市，是華洋雜處的國際大都會，當然會有藕與蒪菜。但作者在上海見到的藕，「不是瘦得像乞丐的臂和腿，就是澀得像未熟的柿子，實在無從欣羨」。而作者故鄉的男人女人「各挑着一副擔子，盛着鮮嫩的玉色的長節的藕」。由藕，作者想到了蒪菜。在上海，非上館子就難以吃到蒪菜，但作者故鄉卻不同，「在故鄉的春天，幾乎天天吃蒪菜」，「在每條街旁的小河裏，石埠頭總歇着一兩條沒篷的船，滿艙盛着蒪菜，是從太湖裏撈來的」。作者落筆處在藕與蒪菜，背後其實有更深的含義。

　　文中寫故鄉時，屢屢提到「健康」，提到「畫」與「詩」。作者認為故鄉挑藕的場面顯示了人們的健康，是一幅畫境，蒪菜有着「嫩綠的顏色與豐富的詩意」。這樣的審美意趣，實際上是來自中國傳統文化。對於農夫和鄉野植物，傳統詩詞和繪畫多有詩意的表達，作者對於藕與蒪菜的描繪，正是深受傳統詩詞的浸染。所以，本文表現的其實是一位具有傳統審美眼光的知識分子對於現代大都市的批判和種種不適應。

同朋友喝酒，嚼着薄片的雪藕，忽然懷念起故鄉來了。若在故鄉，每當新秋的早晨，門前經過許多鄉人：男的紫赤的胳膊和小腿肌肉突起，軀幹高大且挺直，使人起健康的感覺；女的往往裹着白地青花的頭巾，雖然赤腳，卻穿短短的夏布裙，軀幹固然不及男的那樣高，但是別有一種健康的美的風致。他們各挑着一副擔子，盛着鮮嫩的玉色的長節的藕。在產藕的池塘裏，在城外曲曲彎彎的小河邊，他們把這些藕一再洗濯，所以這樣潔白。彷彿他們以為這是供人品味的珍品，這是清晨的畫境裏的重要題材，倘若塗滿污泥，就把人家欣賞的渾凝之感打破了；這是一件罪過的事，他們不願意擔在身上，故而先把它們洗濯得這樣潔白，才挑進城裏來。他們要稍稍休息的時候，就把竹扁擔橫在地上，自己坐在上面，隨便揀擇擔裏過嫩的「藕槍」或是較老的「藕樸」，大口地嚼着解渴。過路的人就站住了，紅衣衫的小姑娘揀一節，白頭髮的老公公買兩支。清淡的甘美的滋味於是普遍於家家戶戶了。這樣情形差不多是平常的日課，直到葉落秋深的時候。

　　在這裏上海，藕這東西幾乎是珍品了。大概也是從我們故鄉運來的。但是數量不多，自有那些伺候豪華公子、碩腹巨賈[1]的幫閒[2]茶房們把大部分搶去了；其餘的就要供在較大的水果鋪裏，位置在金山蘋果、呂宋香芒之間，專待善價

---

[1]　巨賈（gǔ），大商人。賈，商人。

[2]　幫閒，受有錢有勢的人豢養，給他們裝點門面，為他們效勞的人。

而沽③。至於挑着擔子在街上賣的，也並不是沒有，但不是瘦得像乞丐的臂和腿，就是澀得像未熟的柿子，實在無從欣羨。因此，除了僅有的一回，我們今年竟不曾吃過藕。

這僅有的一回不是買來吃的，是鄰舍送給我們吃的。他們也不是自己買的，是從故鄉來的親戚帶來的。這藕離開它的家鄉大約有好些時候了，所以不復呈玉樣的顏色，卻滿被着許多鏽斑。削去皮的時候，刀鋒過處，很不爽利。切成片送進嘴裏嚼着，有些甘味，但是沒有那種鮮嫩的感覺，而且似乎含了滿口的渣，第二片就不想吃了。只有孩子很高興，他把這許多片嚼完，居然有半點鐘工夫不再作別的要求。

想起了藕就聯想到蓴菜。在故鄉的春天，幾乎天天吃蓴菜。蓴菜本身沒有味道，味道全在於好的湯。但是嫩綠的顏色與豐富的詩意，無味之味真足令人心醉。在每條街旁的小河裏，石埠頭總歇着一兩條沒篷的船，滿艙盛着蓴菜，是從太湖裏撈來的。取得這樣方便，當然能日餐一碗了。

而在這裏上海又不然，非上館子就難以吃到這東西。我們當然不上館子，偶然有一兩回去叨擾朋友的酒席，恰又不是蓴菜上市的時候，所以今年竟不曾吃過。直到最近，伯祥④的杭州親戚來了，送他瓶裝的西湖蓴菜。他送給我一瓶，我才算也嘗了新。

向來不戀故鄉的我，想到這裏，覺得故鄉可愛極了。

---

③　沽，賣。

④　伯祥，指王伯祥（1890—1975），葉聖陶的同鄉、好友，現代文史研究家。

我自己也不明白，為甚麼會起這麼深濃的情緒？再一思索，實在很淺顯：因為在故鄉有所戀，而所戀又只在故鄉有，就縈繫着不能割捨了。譬如親密的家人在那裏，知心的朋友在那裏，怎得不戀戀？怎得不懷念？但是僅僅為了愛故鄉麼？不是的，不過在故鄉的幾個人把我們牽繫着罷了。若無所牽繫，更何所戀念？像我現在，偶然被藕與蓴菜所牽繫，所以就懷念起故鄉來了。

所戀在哪裏，哪裏就是我們的故鄉了。

一九二三年九月七日作

賣白果

◖ **導讀**

　　本文作於 1924 年 8 月 22 日，刊於《文學》週刊第 136 期（1924 年 8 月 25 日出版），署名郢，後收入《葉聖陶散文甲集》，又收入《葉聖陶集》第 5 卷。

　　白果，即銀杏，可以食用，也可入藥。這篇文章重點不是寫白果，也不寫賣白果的場景，而寫小販的叫賣聲。對於叫賣聲中「唱的是些甚麼話，含着甚麼意思」，作者不去推究，只是單純地喜愛那聲調。「在靜寂的夜間的深巷中，這樣不徐不疾，不風勁也不太柔軟地唱出來，簡直可以使人息心靜慮，沉入享受美感的境界。」這樣的感覺，正是音樂的感覺，美妙的音樂，來自民間，來自大自然，作者對此有深刻的體會，由白果的叫賣聲，作者想到：「凡是工人所唱的一切的歌，小販呼喚的一切叫賣聲，以及戲台上紅面孔、白面孔、青衫、長鬍子所唱的戲曲，中間都頗有足以移情的。」這確實是很好的對音樂的體會。

　　作者不喜歡上海的夾雜着「全里的零零碎碎的雜聲，里外馬路上的汽車聲，工廠裏的機器聲」的賣白果的叫賣聲，因為缺少了一種「靜寂」，但這叫賣聲卻引起了作者對故鄉的美好的情感，也「總是可以感謝而且值得稱道的」。

總弄裏邊不知不覺籠上昏黃的暮色，一列電燈亮起來了。三三兩兩的男子和婦女站在各弄的口頭，似乎很正經的樣子，不知在談些甚麼。幾個孩子，穿鞋沒拔上跟，他們互相追趕，鞋底擦着水門汀地，作「替替」的音響。

　　這時候，一個挑擔的慢慢地走進弄來，他向左右觀看，頓一頓再向前走兩三步。他探認主顧的習慣就是如此；主顧確是必須探認的，不然，挑着擔子出來難道是閒耍麼？走到第四弄的口頭，他把擔子歇下來了。我們試看看他的擔子。後頭有一個木桶，蓋着蓋子，看不見盛的是甚麼東西。前頭卻很有趣，裝着個小小的爐子，同我們烹茶用的差不多，上面承着一隻小鑊子①，瓣狀的火焰從鑊子旁邊舔出來，燒得不很旺。在這暮色已濃的弄口，便構成個異樣的情景。

　　他開了鑊子的蓋子，用一爿②蚌殼在鑊子裏撥動，同時不很協調地唱起來了：「新鮮熱白果，要買就來數。」發音很高，又含有急促的意味。這一唱影響可不小，左弄右弄裏的小孩子陸續奔出來了，他們已經神往於鑊子裏的小顆粒，人人在後面喊着「慢點跑」的聲音，對於他們只是微茫的喃喃了。

　　據平昔的經驗，聽到叫賣白果的聲音時，新涼已經接替了酷暑，扇子雖不至於就此遭到捐棄，總不是十二分時髦的了，因此，這叫賣聲裏似乎帶着一陣涼意。今年入秋轉熱，

名家散文必讀系列‧葉聖陶

---

① 鑊（huò）子，鍋。

② 爿（pán），劈成片的竹木等。

回家來甚麼也不做，還是氣悶，還是出汗。正在默默相對，彷彿要歎息着說莫可奈何之際，忽然送來這麼帶着涼意的一聲兩聲，引起我片刻的幻想的快感，我真要感謝了。

這聲音又使我回想到故鄉的賣白果的。做這營生的當然不只是一個，但叫賣的聲調卻大致相似，悠揚而輕清，恰配作新涼的象徵，比較這裏上海的賣白果的叫賣聲有味得多了。他們的唱句差不多成為兒歌，我小時候曾經受教於大人，也摹仿着他們的聲調唱：

燙手熱白果，
香又香來糯又糯。
一個銅錢買三顆，
三個銅錢買十顆。
要買就來數，
不買就挑過。

這真是粗俗的通常話，可是在靜寂的夜間的深巷中，這樣不徐不疾，不剛勁也不太柔軟地唱出來，簡直可以使人息心靜慮，沉入享受美感的境界。本來，除開文藝，單從聲音方面講，凡是工人所唱的一切的歌，小販呼喚的一切叫賣聲，以及戲台上紅面孔、白面孔、青衫、長鬍子所唱的戲曲，中間都頗有足以移情的。我們不必辨認他們唱的是些甚麼話，含着甚麼意思，單就那調聲的抑揚徐疾、送渡轉折等等去吟味；也不必如考據家、內行家那樣用心，推究某種俚歌源於甚麼，某種腔調是從前某老闆的新聲，特別可貴；只

取足以悦我們的耳的，就多聽它一會兒。這樣，也就可以獲得不少賞美的樂趣。如果歌唱的也就是極好的文藝，那當然更好，原是不待説明的。

這裏上海的賣白果的叫賣聲所以不及我故鄉的，聲調不怎麼好自然是主因，而里中欠靜寂，沒有給它襯托，也有關係。全里的零零碎碎的雜聲，里外馬路上的汽車聲，工廠裏的機器聲，攪和在一起，就無所謂靜寂了。即使是神妙的音樂家，在這境界中演奏他生平的絕藝，也要打個很大的折扣，何況是不足道的賣白果的叫賣聲呢。

但是它能引起我片刻的幻想的快感，總是可以感謝而且值得稱道的。

一九二四年八月二十二日作

深夜的食品

導讀

　　本文作於 1924 年 8 月 26 日，刊於《文學》週刊第 137 期（1924 年 9 月 1 日出版），署名郢，後收入《葉聖陶散文甲集》，又收入《葉聖陶集》第 5 卷。

　　這篇文章是都市夜生活的一幅素描，但作者寫得很巧妙，用深夜的食品將幾個具有代表性的生活場景串聯起來。第一個場景的主人公是賭徒，無論輸贏，他們都願意買點宵夜吃；第二個場景的主人公是抽大煙的「癮君子」，他們喜歡吃燙的、甜的。其他場景的主人公包括遊樂場散歸的遊人、報館職員以及習慣晚睡的居民等。至於夜間的勞工，他們多半是買不起食品的。這幾幅剪影，敏銳、準確地抓住了現代都市夜生活的代表性場景。但作者是自居於這些人物之外的。他一家人早睡早起，保持着「傳統」的生活習慣，這當然跟現代都市的夜生活無緣，言辭中流露出了對過着紙醉金迷的腐朽夜生活的人們的諷刺和對下層人民的同情。

　　上海是一個繁華、奢迷的國際大都市，夜生活也豐富多彩，在現代文學史上，劉吶鷗、穆時英等人在《上海的狐步舞》、《夜總會裏的五個人》等小說中，對於上海的夜生活有過生動的描寫，但出發點和文章表現的主旨都與本文有所不同。

里的總門雖然在九點鐘光景關上了，總門上的小門，僅容一個人出入的，卻終夜開着。房主以為這是便利住户的辦法，隨便甚麼時候要進要出都可以；門口就有看門人睡在那裏，所以疏失是不至於有的。這想法也許不錯，隨時可以進出確實便利，然而里裏邊卻出了好幾回疏失，賊骨頭[1]帶着住户的東西走了。這是否由於小門開着的便利，固然不能確鑿斷定。

我想有一些人必然感激這小門的開着，是不容懷疑的，那就是挑售食品的小販們。我中夜醒來（這是難得的事），總聽見他們的叫賣聲：「五香茶葉蛋！」「火腿熱粽子！」「五香豆腐乾！」「桂花白糖蓮心粥！」還有些是廣東人呼喊的，用心細辨也辨不清，只聽見一連串生疏的聲音而已。這時候眾喧已息，固然有些骨牌聲、笑語聲、兒啼聲在那裏支持殘局，表示這里裏的人還沒有全部入睡，但究竟不比白天的世界了。這些叫賣聲大都是沙啞的，在這樣的境界裏傳送過來，顫顫的，寂寂的，更顯出這境界的淒涼與空虛。從這些聲音又可以想見發聲者的形貌，枯瘦的身軀，聳起的鼻子與顴頰，失神的眼睛，全沒有血色的皮膚。他們提着籃子或者挑着擔子，舉起一步似乎提起一塊石頭，背脊是彎得像弓了。總之，聽了這聲音就會聯想到《黑籍冤魂》[2]裏的登場人物。

---

[1] 賊骨頭，吳語詞，意為小偷、壞蛋。

[2] 《黑籍冤魂》，中國 1916 年拍攝的一部電影，講述了鴉片對中國人的毒害之深。

　　有賣東西的，總有吃東西的。誰在深夜裏還買這些東西吃呢？這可以斷然回答，絕不是我們。我家向來是早睡的，至遲也不過十一點鐘（當然也是早起的）。自從搬到鄉下去住了三年，沾染了鄙野③的習俗，益發實做其太古④之民了。太陽還照在屋頂，我們就吃晚飯；太陽沒了，我們就「日入而息⑤」，燈自然要點一點的，然而只有一會兒工夫。近來搬到這文明的地方上海來住，論理總該有點進步，把鄙野的習染洗刷去一部分，但是我們的習染幾乎化為本性了。地方雖然文明，與我們的鄙野全不相干，我們還是早吃晚飯早睡覺。有時候朋友來訪，我們差不多要睡了，就問他們：「晚飯吃過了吧？」誰知他們回答得很妙：「才吃過晚點，晚飯還差兩三個鐘頭呢。」這使我慚愧了，同時才想起他們是久居上海的，習染自然比我們文明得多。像我們這樣的情形，絕不會特地耽擱了睡覺，等着買五香茶葉蛋等等東西吃的；更不會一聽到叫賣聲就從牀上爬起來，開門出去買。所以半夜的里裏雖然常常顫顫地、寂寂地喊着甚麼甚麼東西，而我們絕非他們的主顧。

　　那麼他們的主顧是誰呢？我想那些神經不衰，通宵打牌的男男女女總該是其中的一部分。他們尚未睡眠，胃的工作並不改弱，到半夜裏，已經把吃下去的晚餐消化得差不多了，怎禁得那些又香又甜又鮮美的名稱一聲聲地引誘，自然

③　鄙野，鄙陋粗野。

④　太古，最古的時代，指人類還沒有開化的時代。

⑤　日入而息，意為太陽下山就休息，出自先秦《擊壤歌》。

要一口一口地嚥唾沫了。手頭贏了一點的呢，譬如少贏了一些，就很慷慨地買來吃個稱心如意（黃包車夫在賭場門口候着一個賭客，這賭客正巧是贏了錢的，往往在下車的時候很不經意地給車夫過量的錢，洋錢當作毛錢用。何況五香茶葉蛋等等東西是自己吃下去的，當然格外地慷慨了）。輸了的呢，他想藉此告一小段落，説不定運氣就會轉變過來，把肚皮吃得充實些，頭腦也會靈敏得多，結果「返本出贏錢」，吃的東西還是別人會的鈔。他這麼想的時候，就毫不在乎地喊道：「茶葉蛋，來三個！」「蓮心粥，來一碗！」

其次，與叫賣者同屬黑籍的人們當然也是主顧。叫賣者正吞飽了土（煙土）皮，吃足了甚麼丸，精神似乎有點恢復，才出來幹他們的營生。那些一榻橫陳、一槍自持的，當然也正是宿倦已消，情味彌佳的當兒，他們彼此做個交易，正是適合恰當，兩相配合。抽大煙的人大都喜歡吃燙的東西，有的歡喜吃甜膩的東西。那些待沽的東西幾乎全是燙的，都擱在一個小爐子上，爐子裏紅紅地燒着炭屑；而賣火腿熱粽子的，也帶着豬油豆沙粽、白糖棗子粽。這可謂恰投所好了，買來吃下去，燙的感覺，甜的滋味，把深夜擁燈的情味益發提起來了，於是又重重地深深地抽上幾管煙。

其他像戲館裏、遊戲場裏散歸的遊人，做夜間工作的像報館職員之類，還有文明的習染已深，非到兩三點鐘不睡的居民，他們雖然不覺得深夜之悠悠，或者為着消消閒，或者為着點點飢，也就喊住過路的小販買一些東西吃。所以他們也是那些深夜叫賣者的主顧。

　　我想夜間的勞工們未必是主顧吧。老闆夥計一身兼任的鞋匠，扎鞋底往往要到兩三點鐘；豆腐店裏的夥計，黃昏時候就要起身磨豆腐了；拉夜班的黃包車夫，是義務所在，終夜不得睡覺的，他們負着自己和全家的生命的重擔，就是加倍努力地做一夜的工作，也未必能掙得到夠買一個茶葉蛋、一隻火腿粽的閒錢來。他們雖然聽着那些又香又甜又鮮美的名稱而神往，而垂涎，但是哪裏敢真個把叫賣者喊住呢！

　　他們不敢喊住，對於叫賣者卻沒有甚麼影響，據同里的人談起，以及我偶爾醒來的時候聽見的，知道茶葉蛋等等是每晚必來的。這足以證明那些東西自會賣完，這一宗營生決不會因為我們這樣鄙野的人以及勞工們的不去作成它而見得衰頹的。

　　　　　　　　　　　一九二四年八月二十六日作

蒼蠅

導讀

本文作於 1924 年 8 月 29 日，刊於《文學》週刊第 137 期，署名郢，後收入《葉聖陶散文甲集》，又收入《葉聖陶集》第 5 卷。

這篇文章從身邊瑣事引申到人生哲理。作者住在上海，里弄裏蒼蠅很多，全家人想盡辦法而消滅不盡。因為僅僅消滅自己屋子的蒼蠅並不能解決問題，鄰居家的蒼蠅很快就會飛過來。所以，只有聯合鄰里共同消滅才能奏效。這看起來似乎是一件微不足道的小事，但最後卻根本無法完成。從這件事情上，作者想到了很多。「撲滅蒼蠅是如此，撲滅類似蒼蠅的任何事物，也是如此，惟有去找我們僅有的夥伴，惟有靠着夥伴們的明達與努力。」同時，這也是考驗一個人實踐能力的方式。「一個人如其不能夠撲滅里裏的滅蠅，再也不用抱着撲滅類似蒼蠅的東西的夢想了 —— 因為無非是徒然抱着個夢想而已。」

作者從身邊瑣事體悟到治國平天下的大道理，這是他很多散文的共同特點。而文章中寫一家人消滅蒼蠅的情景和聯合鄰居滅蒼蠅之難寫得意趣橫生，讀來不忍掩卷。

住在這里裏，第一件不如意的事要數蒼蠅的紛擾了。晨光才露，我們還沒有起來，就聽見昏昏的嚷嚷之聲。等到一開門，又撲頭撲面地飛進許多新客，牠們與隔宿留在這裏的舊客合夥，於是嚷嚷之聲使你心煩意亂，不知如何是好。

市上的蒼蠅拍脆弱得可憐，用不到兩三天便紗穿柄脫，只剩三四分的效用了。妻不願意再買，自己去買了一方鐵紗，手製成三個蒼蠅拍。那鐵紗頗結實，拿着雖覺重一些，而所向必能奏功，那是不待試驗的。於是妻一個，母一個，孩子也是一個，捕蠅隊居然組織起來了。別的都不管，一心一意只在於拍，拍，拍，差不多半天工夫才停手。地上的蠅屍足有一酒杯的容積，若在誇耀武功的人，這也足以「取其鯨鯢而封之，以為京觀」[1]了。又把吃飯的桌子、儲菜的櫥子以及地板都用水沖過抹過，以免招引未來的新客。這時候耳根特別清靜，臉上手上也沒有刺得癢癢的感覺，大家很安適。

但是，我家沒有富翁準富翁家裏所有的鐵紗門窗。出進是不得不開門的，為要透氣，窗又不得不開着，不多一會兒工夫，不招自至的新客又從門外窗外飛進來了。起初只略見幾個在眼前掠過，繼而就成輕微的營營，終於是不可堪的騷擾了。

於是捕蠅隊繼續努力，不休不歇，只是拍，拍，拍。

---

[1] 出自《春秋左傳·宣公十二年》，應作「取其鯨鯢而封之，以為大戮，於是乎有京觀，以懲淫慝」。此處形容場面宏大。

這樣經過了三五天，妻覺得無聊了：幾個人甚麼也不做，卻一天到晚不得空，只是拿着這勞什子[2]拍，拍，拍，算個甚麼呢！她提議改用捕蠅紙，以為這是以逸待勞，而且或許可以一網打盡的辦法。那一天我到租界去，就買了幾張捕蠅紙回來。

捕蠅紙上確乎黏住不少蒼蠅，到處橫飛的現象也似乎覺得好些。至於一網打盡，卻還遠之又遠。那些蒼蠅不飛到鋪着蠅紙的地方去，猶如野獸在沒有陷阱的地方逍遙，就奈何牠們不得。有些已經走近了那紙的膠質，用口器或前腳輕輕去探一探，就振翅飛去了。看牠們那樣輕捷的姿態，似乎故意表示警覺與狡獪。捕蠅紙對牠們自然是失敗了，為補救這等缺點起見，捕蠅隊還是不能退伍，還是要常常拿起這勞什子來拍，拍，拍。

這個里在去年還是一片荒地，是糞尿廢物的積聚所。蒼蠅曾在這一片地上有過一段繁盛的歷史，那是可想而知的。自從房屋落成，道路鋪好以後，我想去冬未死的老蒼蠅定有今昔之感了。幸而還有幾個垃圾桶，牠們可以在那裏長養子孫，綿延族類。里中住户大概是「多一事不如少一事」之流，他們開了桶蓋，倒了垃圾，轉身就走，桶蓋就讓它開着。他們家裏吃了飯或是瓜果，所有骨殼皮核渣滓之類就隨手向門外去，省卻一番灑掃的麻煩。這對於蒼蠅實在是無上功德：牠們在垃圾桶裏悶得慌，桶蓋開着，就可以自由自在

② 勞什子，使人討厭的東西，這裏指蒼蠅拍。

出來看看廣大的世界；牠們沒有可口的東西吃，無謂遊行也未必有趣，骨殼之類遍地，就無往而不寫意了。安知那營營的聲音裏，牠們不是在唱「被人類劫奪了的領土，現在光復了」的得勝歌呢。

我們覺得蒼蠅可厭，希望牠們不要來騷擾我們，根本的辦法，自然在於做到這裏裏沒有蒼蠅。簡單想想，似乎這一點不難辦到。凡是蒼蠅的發祥地，如垃圾桶之類，都給它倒些殺蟲藥水，垃圾桶蓋每開必關，骨殼之類一定要倒在垃圾桶內，以免遊行的蒼蠅飽吃和追逐，捕蠅拍和捕蠅紙家家必備，有飛進門來的，總不讓牠僥倖生還：這樣，不消半個月工夫，就可以做到一個蒼蠅都沒有了 —— 這算得難辦的事麼？

怎麼能約齊家家戶戶一起合作呢？這似乎不成問題。我們想起了這辦法，就由我們向鄰居傳說，這是最方便不過、簡單不過的。除盡了蒼蠅，大家舒服，不光是我們一家受到好處，哪會有不贊成的道理？

但是，我們的經驗開口了：「不然，大不然。你勸他們把垃圾桶蓋關了，他們說偏不高興關，你怎麼樣？你勸他們不要把骨殼等物丟在路上，他們說偏愛這麼丟，你怎麼樣？你勸他們撲滅蒼蠅，買拍子，買滅蠅紙，他們說沒有這等閒錢閒工夫，或者爽性回答你一句，他們不怕甚麼蒼蠅，你又怎麼樣？所以約齊家家戶戶一起合作，不過是個夢想罷了！」

經驗的那種老練的腔調每足使希望的心爽然若失。它這樣說，我們的辦法不就等於無法麼？「這個里將永遠是蒼蠅

的世界，」我們想，「澄清既無望，還是搬到別處地方，沒有蒼蠅的地方去住吧。」

但是，這實在是腐敗的不道德的思想！我們搬走了，不是就有一家搬來住麼？我們怕蒼蠅，所以要搬走，卻讓給了後一家，難道他們就命該受蒼蠅的累麼？譬如吃一樣東西，我們嚐了一點，發現這是含毒的，就吐掉嘴裏的，丟掉手裏的，自顧自走開了。人家不知道，揀起地上的東西，無心地大嚼起來，結果不是犧牲一命，就是沉痾③三月：這不是我們的罪惡麼？所以凡是嚐到了毒物，最正當的辦法是先把毒物消滅淨盡，再進一步，想法製成無毒有益的東西供大家吃；倘若捨此不圖，就是腐敗，就是不道德！而搬到別處去住的思想正與隨手丟掉毒物的情形相彷彿，這怎麼能要得！由此類推，住在上海地方的人說上海太污濁，須得離開它；住在中國地方的人說中國太不堪了，須得拋棄它，也同樣是腐敗的不道德的思想。惟其污濁，惟其不堪，我們一定要住在這裏；使它乾淨，使它像樣，是我們最低限度的責任，改造成個燦爛的上海，湧現出個莊嚴的中國，是我們進一步的努力。到了那個時候，情形又不同了，高興住的當然住下，想換換空氣的就不妨離開，因為與道德不道德的問題沒有關係了。

話說開來了，現在回過來：總之，搬到別處去的辦法是要不得的。那麼，裝起鐵紗的門窗來，行麼？我們並不主

③ 沉痾（kē），長久而嚴重的病。

張還淳返樸，現在固然未必裝得起，可是確乎希望有一天家家戶戶裝起鐵紗門窗來。然而，即使家家戶戶裝起了鐵紗門窗，若不從撲滅蒼蠅這方面下手，蒼蠅還是要猖狂的，牠們飛不進我們的居屋，就在路上撲頭撲面地飛舞；偶爾閃了進來，就像進了養老院，終身隱居於此了。

至此，我們可以制定一句格言：「我們嫌蒼蠅討厭，只有一法，就是撲滅牠們。」

而單獨撲滅之不能收效，我們的經歷已經證明了；所以上面的格言還得修正為以下的說法：「我們嫌蒼蠅討厭，只有一法，就是聯合鄰里共同撲滅牠們。」

這真像蘇州城外坐馬車，繞了一個圈子，依舊回到原地方了。我們的經驗不是已經說過，這是個夢想麼？

不錯，我們的經驗確曾這麼說。但是，一切夢想如能不致發生，發生之後如能馬上消散，那自然沒有甚麼；設或不能，夢想在前頭誘引着，我們在這裏可望而不可即，總是一種莫甚 ④ 的懊喪。這只有奮力向前，終於跨進夢想的實境，把經驗先生的見解修正一下，才能徹底排除這種懊喪。除此之外，再沒有絲毫的辦法，惟有終於懊喪而已。

所以我們要撲滅蒼蠅，想聯合鄰里通力合作，雖然被經驗先生嗤 ⑤ 為夢想，我們卻只有走這一條路。懷着夢想的既是我們，當然先由我們向鄰里們一一傳告。這當兒，「偏

④　莫甚，沒有比這更厲害的。

⑤　嗤（chī），譏笑。

要這樣」，「不高興那樣」的回聲是必然會有的，但這算得了甚麼！給孩子們吃藥，不是總回你個哭臉麼？我們還是憑我們的真誠與理由，鍥而不捨地向他們陳訴。總有一天，他們會覺得垃圾桶是非關不可的，骨殼等物是非當心收拾不可的，買蠅拍、滅蠅紙並非浪費的開支，拍拍蒼蠅並非無聊的消遣。總而言之，他們也覺得蒼蠅是必須撲滅的了。於是通力合作，處處注意，不消半個月，蒼蠅就可以銷聲絕跡。於是在這原先蒼蠅猖狂的里中，也得享受沒有一個蒼蠅的歡樂。

這當然是大眾的舒服。然而我們的得以享受這舒服，不得不感激鄰里們的明達與努力。因為他們是我們僅有的夥伴，如果他們不明達不努力，滅盡蒼蠅依然只是我們的夢想。

説了一大堆話，蒼蠅還是三三五五在眼前飛舞着。但我們的路是決定了，其要旨如上述，今後就照此做去。

末了想蛇足地説一句：撲滅蒼蠅是如此，撲滅類似蒼蠅的任何事物，也是如此，惟有去找我們僅有的夥伴，惟有靠着夥伴們的明達與努力。

再蛇足一句：一個人如其不能夠撲滅里裏的蒼蠅，再也不用抱着撲滅類似蒼蠅的東西的夢想了 —— 因為無非徒然抱着個夢想而已。

一九二四年八月二十九日作

兩法師

導讀

　　本文寫成於 1927 年 10 月 8 日，刊於《民鐸》9 卷 1 號，署名聖陶，後收入小說散文集《腳步集》，又收入《葉聖陶集》第 5 卷。

　　弘一法師（1880—1942），俗名李叔同，早年在日本留學，1910 年回國，先後擔任天津北洋高等工業專門學校、浙江兩級師範學校、南京高等師範等校的圖畫音樂教師。他是中國第一個話劇團體「春柳社」的主要成員，主演過《茶花女》、《黑奴籲天錄》等多部話劇。他是「學堂樂歌」的最早推動者，譜寫了《送別》等膾炙人口的歌曲。他還是中國最早介紹西洋畫知識的人，也是第一個聘用裸體模特教學的人。1918 年 8 月剃度為僧後，被奉為律宗第十一代祖師。弘一法師不僅是中國近現代佛學史上最傑出的一位高僧，又是卓越的藝術家、教育家、思想家。印光法師（1861—1940），俗名趙丹桂，對中國近代佛教極具影響力，由於振興淨土宗功勞很大，圓寂後被尊為淨土宗第十三代祖師，弘一法師曾拜其為師。

　　跟葉聖陶一起會見兩位法師的豐子愷、李石岑、周予同等人，也都是現代文化史上的名人。這麼多人物濟濟一堂，作者顯然得有所側重，本文側重寫弘一法師。對弘一法師的刻畫，重點

又在其持律甚嚴。弘一法師早年用人體模特，演話劇，人們或許以為他是和尚中的「浪漫派」，但他過午不食，對印光法師屈膝拜服，這些都體現了他對佛法的虔誠踐行。這樣寫人物，自然能給讀者留下生動而深刻的印象。

在到功德林[①]去會見弘一法師的路上，懷着似乎從來不曾有過的潔淨的心情；也可以說帶着渴望，不過與希冀看一齣著名的電影劇等的渴望並不一樣。

弘一法師就是李叔同先生，我最初知道他在民國初年，那時上海有一種《太平洋報》，其藝術副刊由李先生主編，我對於副刊所載他的書畫篆刻都中意。以後數年，聽人說李先生已經出了家，在西湖某寺[②]。遊西湖時，在西泠印社石壁上見到李先生的「印藏」。去年子愷[③]先生刊印《子愷漫畫》，丏尊[④]先生給它作序文，說起李先生的生活，我才知道得詳明些。就從這時起，知道李先生現在稱弘一了。

於是不免向子愷先生詢問關於弘一法師的種種，承他詳細見告。十分感興趣之餘，自然來了見一見的願望，就向子愷先生說了。「好的，待有機緣，我同你去見他。」子愷先生的聲調永遠是這樣樸素而真摯的。以後遇見子愷先生，他常常告訴我弘一法師的近況。記得有一次給我看弘一法師的來信，中間有「葉居士[⑤]」云云，我看了很覺慚愧，顯然「居士」不是甚麼特別的尊稱。

---

① 功德林，一家有名的素菜館，1922 年創辦於杭州，現其他地方亦有店。

② 西湖某寺，指虎跑寺。1918 年，李叔同在杭州虎跑寺剃度為僧。

③ 子愷，即豐子愷（1898—1975），中國現代卓有成就的文藝大師，畫、文等俱佳。與弘一法師交好。

④ 丏尊，即夏丏尊（1886—1946），中國現代著名的文學家、語文學家、教育家。

⑤ 居士，不出家的信佛的人。

前此一星期，飯後去上工，劈面來三輛人力車。最先是個和尚，我並不措意⑥。第二是子愷先生，他驚喜似的向我點頭。我也點頭，心裏就閃電般想起「後面一定是他」！人力車夫跑得很快，第三輛一霎經過時，我見坐着的果然是個和尚，清癯的臉，頷下有稀疏的長髯。我的感情有點激動，「他來了！」這樣想着，屢屢回頭望那越去越遠的車篷的後影。

　　第二天，就接到子愷先生的信，約我星期日到功德林去會見。

　　是深深嚐了世間味，探了藝術之宮的，卻回過來過那種通常以為枯寂的持律念佛的生活，他的態度該是怎樣，他的言論該是怎樣，實在難以懸揣。因此，在帶着渴望的似乎從來不曾有過的潔淨的心情裏，還摻着些惝怳的成分。

　　走上功德林的扶梯，被侍者導引進那房間時，近十位先到的恬靜地起立相迎。靠窗的左角，正是光線最明亮的地方，站着那位弘一法師，帶笑的容顏，細小的眼眸子放出晶瑩的光。丏尊先生給我介紹之後，叫我坐在弘一法師的側邊。弘一法師坐下來之後，就悠然數着手裏的念珠。我想一顆念珠一聲「阿彌陀佛」吧。本來沒有甚麼話要向他談，見這樣更沉入近乎催眠狀態的凝思，言語是全不需要了。可怪的是在座一些人，或是他的舊友，或是他的學生，在這難得的會晤時，似乎該有好些抒情的話與他談，然而不然，大家

⑥　措意，留意用心。

也只默然不多開口。未必因僧俗殊途，塵淨異致，而有所矜持吧。或許他們以為這樣默對一二小時，已勝於十年的晤談了。

晴秋的午前的時光在恬然的靜默中經過，覺得有難言的美。

隨後又來了幾位客，向弘一法師問幾時來的，到甚麼地方去那些話。他的回答總是一句短語，可是殷勤極了，有如傾訴整個心願。

因為弘一法師是過午不食的，十一點鐘就開始聚餐。我看他那曾經揮灑書畫、彈奏鋼琴的手鄭重地夾起一莢豇豆來，歡喜滿足地送入口中去咀嚼的那種神情，真慚愧自己平時的亂吞胡嚥。

「這碟子是醬油吧？」

以為他要醬油，某君想把醬油碟子移到他前面。

「不，是這位日本的居士要。」

果然，這位日本人道謝了，弘一法師於無形中體會到他的願欲。

石岑 ⑦ 先生愛談人生問題，著有《人生哲學》，席間他請弘一法師談些關於人生的意見。

「慚愧，」弘一法師虔敬地回答，「沒有研究，不能説甚麼。」

---

⑦　石岑，即李石岑（1892—1934），中國現代哲學家，著有《中國哲學十講》、《人生哲學》等著作。

以學佛的人對於人生問題沒有研究，依通常的見解，至少是一句笑話。那麼，他有研究而不肯説麼？只看他那股勤真摯的神情，見得這樣想時就是罪過。他的確沒有研究。研究云者，自己站在這東西的外面，而去爬剔、分析、檢察這東西的意思。像弘一法師，他一心持律，一心念佛，再沒有站到外面去的餘裕。哪裏能有研究呢？

我想，問他像他這樣的生活，覺得達到了怎樣一種境界，或者比較落實一點。然而健康的人不自覺健康，哀樂的當時也不能描狀哀樂，境界又豈是説得出的？我就把這意思遣開，從側面看弘一法師的長髯以及眼邊細密的皺紋，出神久之。

飯後，他説約定了去見印光法師，誰願意去可同去。印光法師這個名字知道得很久了，並且見過他的文抄，是現代淨土宗的大師，自然也想見一見。同去者計七八人。

決定不坐人力車，弘一法師拔腳就走，我開始驚異他步履的輕捷。他的腳是赤着的，穿一雙布縷纏成的行腳鞋。這是獨特健康的象徵啊，同行的一羣人哪裏有第二雙這樣的腳。

慚愧，我這年輕人常常落在他背後。我在他背後這樣想。

他的行止笑語，真所謂純任自然，使人永不能忘。然而在這背後卻是極嚴謹的戒律。丏尊先生告訴我，他曾經歎息中國的律宗有待振起，可見他是持律極嚴的。他念佛，他過

午不食，都為的持律。但持律而到達非由「外鑠[8]」的程度，人就只覺得他一切純任自然了。

似乎他的心非常之安，躁忿全消，到處自得；似乎他以為這世間十分平和，十分寧靜，自己處身其間，甚而至於會把它淡忘。這因為他把所謂萬象萬事劃開了一部分，而生活在留着的一部分內之故。這也是一種生活法，宗教家大概採用這種生活法。

他與我們差不多處在不同的兩個世界。就如我，沒有他的宗教的感情與信念，要過他那樣的生活是不可能的。然而我自以為有點了解他，而且真誠地敬服他那種純任自然的風度。哪一種生活法好呢？這是愚笨的無意義的問題。只有自己的生活法好，別的都不行，誇妄的人卻常常這麼想，友人某君曾說他不曾遇見一個人他願意把自己的生活與這個人對調的，這是躊躇滿志的話。人本來應當如此，否則浮漂浪蕩，豈不像沒舵之舟。然而某君又說尤其要緊的是，同時得承認別人也未必願意與我對調，這就與誇妄的人不同了。有這麼一承認，非但不菲薄別人，並且致相當的尊敬。彼此因觀感而潛移默化的事是有的。雖說各有其生活法，究竟不是不可破的堅壁，所謂聖賢者轉移[9]了甚麼甚麼人就是這麼一回事。但是板着面孔專事菲薄別人的人決不能轉移了誰。

到新閘太平寺，有人家借這裏辦喪事，樂工以為弔客來

---

⑧ 外鑠，外力、外因。

⑨ 轉移，此處為影響、教化、潛移默化的意思。

了，預備吹打起來。及見我們中間有一個和尚，而且問起的也是和尚，才知道誤會，說道：「他們都是佛教裏的。」

寺役去通報時，弘一法師從包袱裏取出一件大袖僧衣來（他平時穿的，袖子與我們的長衫袖子一樣），恭而敬之地穿上身，眉宇間異樣地靜穆。我是歡喜[10]四處看望的，見寺役走進去的沿街的那個房間裏，有個軀體碩大的和尚剛洗了臉！背部略微佝[11]着，我想這一定就是了。果然，弘一法師頭一個跨進去時，就對這位和尚屈膝拜伏，動作嚴謹且安詳。我心裏肅然，有些人以為弘一法師該是和尚裏的浪漫派，看見這樣可知完全不對。

印光法師的皮膚呈褐色，肌理頗粗，一望而知是北方人；頭頂幾乎全禿，發光亮；腦額很闊；濃眉底下一雙眼睛這時雖不戴眼鏡，卻用戴了眼鏡從眼鏡上方射出眼光來的樣子看人，嘴脣略微皺癟，大概六十左右了。弘一法師與印光法師並肩而坐，正是絕好的對比，一個是水樣的秀美、飄逸，一個是山樣的渾樸、凝重。

弘一法師合掌懇請了：「幾位居士都歡喜佛法，有曾經看了禪宗的語錄的，今來見法師，請有所開示，慈悲，慈悲。」

對於這「慈悲，慈悲」，感到深長的趣味。

「嗯，看了語錄。看了甚麼語錄？」印光法師的聲音帶有神祕味。我想這話裏或者就藏着機鋒吧。沒有人答應。弘

---

⑩　歡喜，喜歡。

⑪　佝（gōu），脊背向前彎曲。

一法師就指石岑先生，說這位先生看了語錄的。

石岑先生因說也不專看哪幾種語錄，只曾從某先生研究過法相宗的義理。

這就開了印光法師的話源。他說學佛須要得實益，徒然嘴裏說說，作幾篇文字，沒有道理；他說人眼前最要緊的事情是了生死，生死不了，非常危險；他說某先生只說自己才對，別人念佛就是迷信，真不應該。他說來聲色有點嚴厲，間以呵喝。我想這觸動他舊有的憤憤了。雖然不很清楚佛家的「我執」、「法執」^⑫的涵蘊是怎樣，恐怕這樣就有點近似。這使我未能滿意。

弘一法師再作第二次懇請，希望於儒說佛法會通之點給我們開示。

印光法師說二者本一致，無非教人父慈子孝兄友弟恭等等。不過儒家說這是人的天職，人若不守天職就沒有辦法。佛家用因果來說，那就深奧得多。行善就有福，行惡就吃苦。人誰願意吃苦呢？—— 他的話語很多，有零星的插話，有應驗的故事，從其間可以窺見他的信仰與歡喜。他顯然以傳道者自任，故遇有機緣不憚盡力宣傳；宣傳家必有所執持又有所排抵，他自也不免。弘一法師可不同，他似乎春原上一株小樹，毫不愧怍地欣欣向榮，卻沒有凌駕旁的卉木而上之的氣概。

---

⑫ 「我執」、「法執」，皆為佛教術語。大意指人若對自身或外界規律過於執着，會造成痛苦。

在佛徒中，這位老人的地位崇高極了，從他的文抄裏，見有許多的信徒懇求他的指示，彷彿他就是往生淨土的導引者。這想來由於他有很深的造詣，不過我們不清楚。但或者還有別一個原因：一般信徒覺得那個「佛」太渺遠了，雖然一心皈依，總不免感到空虛；而印光法師卻是眼睛看得見的，認他就是現世的「佛」，虔敬崇奉，親接謦欬[13]，這才覺得着實，滿足了信仰的慾望。故可以說，印光法師乃是一般信徒用意想來裝塑成功的偶像。

弘一法師第三次「慈悲，慈悲」地懇求時，是說這裏有講經義的書，可讓居士們「請」幾部回去。這個「請」字又有特別的味道。

房間的右角裏，裝訂作坊似的，線裝、平裝的書堆着不少，不禁想起外間紛紛飛散的那些宣傳品。由另一位和尚分派，我分到黃智海演述的《阿彌陀經白話解釋》，大圓居士說的《般若波羅蜜多心經口義》，李榮祥編的《印光法師嘉言錄》三種。中間《阿彌陀經白話解釋》最好，詳明之至。

於是弘一法師又屈膝拜伏，辭別。印光法師點着頭，從不大敏捷的動作上顯露他的老態。待我們都辭別了走出房間，弘一法師伸兩手，鄭重而輕捷地把兩扇門拉上了。隨即脫下那件大袖的僧衣，就人家停放在寺門內的包車上，方正平帖地把它摺好包起來。

弘一法師就要回到江灣子愷先生的家裏，石岑先生、予

⑬　謦欬（qǐng kài），借指笑談。

同 ⑭ 先生和我就向他告別。這位帶有通常所謂仙氣的和尚，將使我永遠懷念了。

　　我們三個在電車站等車，滑稽地使用着「讀後感」三個字，互訴對於這兩位法師的感念。就是這一點，已足證我們不能為宗教家了，我想。

一九二七年十月八日作畢

---

⑭　予同，即周予同（1898—1981），中國現當代著名經濟史專家，曾長期任教於復旦大學。

過去隨談

導讀

　　本文刊於 1930 年《中學生》第 11 號，署名聖陶，後收入《腳步集》，又收入《葉聖陶集》第 5 卷。當時部分中學生，或認為自己了不得，或認為自己無價值，《中學生》11 號專門推出了「出了中學校以後」專輯，針對當時中學生的現狀進行寫作。刊發的八篇文章，分別為豐子愷《我的苦學經驗》、朱文叔《我的自學的經過》、趙景深《出了中學校以後》、胡仲持《從郵務生而新聞記者》、葉聖陶《過去隨談》、章錫琛《從商人到商人》、止敬（茅盾）《我的中學生時代及其後》、汪靜之《出了中學校》。

　　幾位作者「不是甚麼黨國要人，不是所謂甚麼的成功者，但也不是一無價值的人。至少都可謂是從跑出中學的校門以後獨學奮鬥到現在的人，是不妨給讀者做『他山之石』的人。」（《記者的發刊辭》）這幾位作者，都是當時文學界和出版界的活躍分子，他們與中學生朋友們親切而誠懇地交談，提出了很多切實有益的幫助意見。作者在本文中依次介紹了他的職業 —— 從十年的小學教員到中學教師再到大學教師；寫小說的經歷 —— 在「五四」文壇，作者是著名的短篇小說家；閱讀的經歷和體會；自己的家庭生活。這些都堪為自學奮鬥的榜樣。尤其是最後一節，作者毫無顧忌地跟少年談及自己的家庭生活，讓人覺得非常親切。率性而談，自然有趣，正是葉聖陶等人在《中學生》雜誌上提倡的文風。

一

在中學校畢業是辛亥[①]那一年。並不曾作升學的想頭，理由很簡單，因為家裏沒有供我升學的錢。那時的中學畢業生當然也有「出路問題」，不過像現在的社會評論家、雜誌編輯者那時還不多，所以沒有現在這樣鬧鬧嚷嚷的。偶然的機緣，我就當了初等小學的教員，與二年級的小學生做伴。鑽營請託的況味沒有嚐過，照通常說，這是幸運。在以後的朋友中間有這麼一位，因在學校畢了業將與所謂社會面對面，路途太多，何去何從，引起了甚深的悵惘。有一回偶遊園林，看見澄清如鏡的池塘，忽然心酸起來，強烈地萌生着就此跳下去完事的慾望。這樣傷感的青年心情我可沒有，小學教員是值得當的，我何妨當當？從實際說，這又是幸運。

小學教員一連當了十年，換過兩次學校，在後面的兩所學校裏，都當高等班的級任，但也兼過半年幼稚班的課。幼稚班者，還夠不上初等一年級，而又不像幼稚園兒童那樣地被訓練的，是學校裏一個馬馬虎虎的班次。職業的興趣是越到後來越好，因為後來幾年中聽到一些外來的教育理論和方法，自家也零零星星悟到一點，就拿來施行，而同事又是幾位熟朋友的緣故。當時對手一般不知振作的同業頗有點看不起，以為他們德性上有污點，倘若大家能去掉污點，教育界一定會大放光彩的。

民國十年暑假後開始教中學生。那被邀請的理由有點滑

① 　辛亥，古代干支紀年法，此處指公元 1911 年。

稽。我曾經寫些短篇小說刊載在雜誌上，人家以為能寫小說就是善於作文，善於作文當然也能教國文，於是我彷彿是頗為適宜的國文教師了。這情形到現在仍然不變，寫過一些小說之類的往往被聘為國文教師，兩者之間的距離似乎還不曾有人切實注意過。至於我捨小學而就中學的緣故，那是不言而喻的。

直到今年，曾經在五所中學、三所大學當教員，教的都是國文，這一半是兼職，正業是書局編輯，連續七年有餘了。大學教員我是不敢當的，我知道自己怎樣沒有學問，我知道大學教員應該怎樣教他的科目，兩相比並，我的不敢是真情。人家卻說了：「現在的大學，名而已！你何必拘拘？」我想這固然不錯，但是從「盡其在我[2]」的意義着想，不能因大學不像大學，我就不妨去當不像大學教員的大學教員。所惜守志不嚴，牽於友情，竟爾破戒。今年在某大學教「歷代文選」，勞動節的下一天，接到用紅鉛筆署名「L」的警告信，大意說我教的那些古舊文篇，徒然助長反動勢力，於學者全無益處，請即自動辭職，免討沒趣云云。我看了頗憤憤：若說我沒有學問，我承認；說我助長反動勢力，我恨反動勢力恐怕比這位 L 先生更真切些呢；倘若認為教古舊文篇就是助長反動勢力的實證，不必問對於文篇的態度如何，那麼他該叫學校當局變更課程，不該怪到我。後來知道這是學

---

② 盡其在我，出自王韜《書重刻〈弢園尺牘〉後》，意即盡自己的力量做好應做的事。

校波瀾的一個弧痕，同系的教員都接到 L 先生的警告信，措辭比我的信更嚴重，我才像看到丑角的醜臉那樣笑了。從此辭去不教，願以後謹守所志，「直到永遠」。

自知就所有的一些常識以及好嬉肯動的少年心情，當當小學或初中的教員大概還適宜的。這自然是不往根柢裏想去的說法；如往根柢裏想去，教育對於社會的真實意義（不是世俗所認的那些意義）是甚麼，與教育相關的基本科學內容是怎樣，從事教育技術上的訓練該有哪些項目，關於這些，我就同大多數的教員一樣，知道的太微少了。

二

作小說的興趣可說是由中學校時代讀華盛頓·歐文[③]的《見聞錄》引起的。那種詩味的描寫、諧趣的風格，似乎不曾在讀過的一些中國文學裏接觸過。因此我想，作文要如此才佳妙呢。開頭作小說記得是民國三年[④]，投寄給小說週刊《禮拜六》，被登載了，便繼續作了好多篇。到後來，「禮拜六派」是文學界中一個卑污的名稱，無異「海派」、「黑幕派」等等。我當時的小說多寫平凡的人生故事，同後業的相彷彿，淺薄誠然有之，如何惡劣卻未必，雖然所用的工具是文言，還不免貪懶用一些成語古典。作了一年多就停筆了，

---

③　華盛頓·歐文（1783─1859），19 世紀美國最著名的作家，號稱美國文學之父，《見聞錄》又譯《見聞札記》。

④　民國三年，公元 1914 年。

直到民國九年才又動手。是頡剛君⑤提示的，他說在北京的朋友將辦一種雜誌，寫一篇小說付去吧。從此每年寫成幾篇，一直不曾間斷。只今年是例外，眼前是十月將盡了，還不曾寫過一篇呢。

預先佈局，成後修飾，這一類 ABC⑥裏所詔示的項目，總算盡可能的力實做的。可是不行，寫小說的基本要項在乎有一雙透徹觀世的眼睛，而我的眼睛夠不上。所以人家問我哪一篇最愜心時，我簡直不能回答。為要寫小說而訓練自己的眼睛固可不必；但眼睛的訓練實在是生活的補劑，因此我願意對這方面致力。如果致力而有進益，由進益而能寫出些比較可觀的文篇，自是我的歡喜。

為甚麼近來漸漸少寫，到今年連一篇也沒有寫呢？有一個淺近的比喻，想來倒很確切的。一個人新買一具照相器，不離手地對光、扳機、捲乾片，一會兒一打乾片完了，便裝進一打，重又對光、扳機、捲乾片。那時候甚麼對象都是很好的攝影題材；小妹妹靠在窗沿憨笑，這有天真之趣，攝它一張；老母親捧着水煙袋抽吸，這有古樸之致，攝它一張；出外遊覽，遇到高樹，流水，農夫，牧童，頗濃的感興立刻湧起，當然不肯放過，也就逐一攝它一張。洗出來時果能成一張像樣的照相與否似乎不很關緊要，最熱心的是「嗒」地一扳；面前是一個對象，對着他「嗒」地扳了，這就很滿足

名家散文必讀系列・葉聖陶

---

⑤　頡剛君，即顧頡剛（1893—1980），「古史辨派」的創始人，對中國近現代學術史有着重要影響。

⑥　ABC，指介紹事物一般常識或淺顯道理的文章或書籍。

了。但是，到後來卻有相度了一番終於收起鏡箱來的時候。愛惜甚麼？也可以說是，然而不是。只因希求於照相的條件比以前多了，意味要深長，構圖要適宜，明暗要美妙，更有其他等等，相度下來如果不能應合這些條件，寧可收起鏡箱了事。這時候，徒然一扳是被視為無意義的了。我從前多寫只是熱心於一扳，現在卻到了動輒收起鏡箱的境界，是自然的歷程。

三

《中學生》主幹曾囑我說些自己修習的經歷，如如何讀書之類。我很慚愧，自計到今為止，沒有像模像樣地讀過書，只因機緣與嗜好，隨時取一些書來看罷了。讀書既沒有系統，自家又並無分析和綜合的識力，不能從書的方面多得到甚麼是顯然的。外國文字呢？日文曾經讀過葛祖蘭[7]氏的《自修讀本》兩冊，但是像劣等的學生一樣，現在都還給教師了。至於英文，中學時代讀得不算淺，讀本是文學巨著名文法讀到納司非爾[8]的第四冊呢。然而結果是半通不通，到今看電影字幕還未能完全明白。（我覺得讀英文而結果如此的實在太多了。多少的精神和時間，終於不能完全看明白電影字幕！正在教英文、讀英文的可以反省一下了。）不去徹

---

⑦　葛祖蘭（1887—1987），翻譯家、作家，曾編著《日本現代語辭典》、《日本俳諧史》、《日語漢譯讀本》等。

⑧　納司非爾（生卒年不詳），指英國人納斯菲爾德，他編的英文文法書，在中國曾很流行，是中國近現代很多人學習英文的參考教材。

底修習，弄一個全通真通，當然是自家的不是，可是學校對於學生修習的各項科目都應定一個畢業最低限度，一味胡教而不問學生果否達到了最低限度，這不能不怪到學校了。外國文字這項工具既不能使用，要接觸些外國的東西只好看看譯品，這就與專待餵養的嬰孩同樣的可憐，人家不翻譯，你就沒法想。說到譯品，等類頗多。有些是譯者實力不充而硬欲翻譯的，弄來滿盤都錯，使人懷疑外國人的思想話語為甚麼會這樣奇怪不依規矩。有些據說為欲忠實，不肯稍事變更原文語法上的結構，就成為中國文字寫的外國文。這類譯品若請專讀線裝書的先生們去看，一定回答：「字是個個識得的，但是不懂得這些字湊合在一起說些甚麼。」我總算能夠硬看下去，而且大致有點懂，這不能不歸功於讀過兩種讀如未讀的外國文。最近看到東華^⑨君譯的《文學之社會學的批評》，清楚流暢、義無隱晦，以為譯品像這個樣子，庶幾^⑩便於讀者。聲明一句，我不是說這本書就是翻譯的模範作，我沒有這樣狂妄，會自認有評判譯品高下的能力。

說起讀書，十年來頗看到一些人，開口閉口總是讀書，「我只想好好唸一些書」，「某地方一個圖書館都沒有，我簡直過不下去」，「甚麼事都不管，只要有書讀，我就滿足了」，這一類話時時送到我的耳邊。我起初肅然生敬，既而去未免生厭。那種為讀書而讀書的虛矯，那種認別的甚麼

---

⑨ 東華，即傅東華（1893—1971），著名翻譯家，曾譯塞萬提斯《堂吉訶德》、約翰·彌爾頓《失樂園》和瑪格麗特·米切爾《飄》等作品。

⑩ 庶幾，差不多。

都不屑一做的傲慢，簡直自封為人間的特殊階級，同時給與旁人一種壓迫，彷彿惟有他們是人間的智慧的篤愛者。讀書只是至平常的事而已，猶如吃飯睡覺，何必作為一種口號，惟恐不遑[11]地到處宣傳。況且所以要讀書，從哲學以至於動植礦，就廣義說，無非要改進人間的生活。光是「讀」決非終極的目的，而那些「讀書」、「讀書」的先生們似乎以為光是「讀」最了不起，生活云云不在範圍以內，這也引起我的反感。我頗想標榜「讀書非究竟義諦主義」[12]——當然只是想想罷了，宣言之類並未寫過。或者有懂得心理分析的人能夠說明我之所以有這種反感，由於自家的頭腦太儉了，對於書太疏闊了，因此引起了嫉妒，而怎樣怎樣的理由是非意識地文飾[13]那嫉妒的醜臉的。如果被判定如此，我也不想辯解，總之我確然曾有了這樣的反感。至於那些將讀書作口號的先生們是否真個讀書，我不得而知；是有一層，從其中若干人的現況上看，我的直覺的評判成為客觀的真實了。他們果然相信自己是人間智慧的寶庫，無所不知，無所不能，得便時拋開了為讀書而讀書的招牌，就不妨包辦一切。他們儼然承認自己是人間的特殊階級，雖在極微細的一談一笑之

---

⑪　不遑（huáng），沒有工夫。遑，閒暇。

⑫　此句話的意思是説，作者不認為讀書是沒有實際用途的，不能把單純地為了讀書而讀書當作終極目標。義諦，佛教用語，第一義、最重要的意義。

⑬　文飾，掩飾。

頃[14]，總要表示外國人提出來的「高等華人」的態度。讀書的口號，包辦一切，「高等華人」，這其間彷彿有互相糾纏的關係似的。

四

我與妻結婚是由人家做媒的，結婚以前沒有會過面，也不曾通過信。結婚以後兩情頗投合，那時大家當教員，分散在兩地，一來一往的信在半途中碰頭，寫信等信成為盤踞心窩的兩件大事。到現在十四年了，依然很愛好。對方怎樣的好是彼此都說不出的，只覺很適合，更適合的情形不能想像，如是而已。

這樣打彩票式的結婚當然很危險的，我與妻能夠愛好也只是偶然。迷信一點說，全憑西湖白雲庵那位月下老人[15]。但是我得到一種便宜，不曾為求偶而眠思夢想，神魂顛倒；不曾沉溺於戀愛裏頭，備嘗甜酸苦辣各種味道。圖得這種便宜而去冒打彩票式的結婚的險，值得不值得固難斷言，至少，青年期的許多心力和時間是挪移了過來，可以去應付別的事情了。

現在一般人不願冒打彩票式的結婚的險是顯然的，先戀愛後結婚成為普通的信念。我不菲薄這種信念，它的流行也有所謂「必然」。我只想說那些戀愛至上主義者，他們得

---

[14] 頃，短時間。

[15] 指西湖白雲庵右側月老祠有一副膾炙人口的對聯：「願天下有情人，都成了眷屬；是前生注定事，莫錯過姻緣。」

意時談心、寫信、作詩、看電影、遊名勝，失意時傷心、流淚、作詩（流滿了驚歎號），說人間至不幸的只有他們，甚至想投黃浦江。像這樣把整個生命交給戀愛，未免可議。這種戀愛只配資本家的公子、「名門」的小姐去玩的。他們享用的是他們的父親、祖先剝削得來的錢，他們在社會上的地位在未入母腹時早就安排停定，他們看看世界非常太平，沒有一點問題；閒暇到這樣子卻也有點難受，他們於是去做戀愛這個題目，弄出一些悲歡哀樂來，總算在他們空白的生活錄上寫下了幾行。如果不是閒暇到這樣的青年男女也想學步，那惟有障礙自己的進路，減損自己的力量而已。

　　人類不滅，戀愛也永存。但是戀愛各色各樣，像公子小姐們玩的戀愛，讓它「沒落」吧！

一九三〇年十月二十九日作

做了父親

導讀

　　本文刊於《婦女雜誌》第 17 卷第 1 號（1931 年 1 月 1 日），署名郢生，後收入《腳步集》，又收入《葉聖陶集》第 5 卷。

　　怎樣做父親，這是「五四」以來知識界討論的重要話題。魯迅先生有篇文章，名為《我們現在怎樣做父親》，認為父母應該是「義務的，利他的，犧牲的」，應該「各自解放了自己的孩子。自己背着因襲的重擔，肩住了黑暗的閘門，放他們到寬闊光明的地方去；此後幸福的度日，合理的做人。」本文跟魯迅先生的思想有一脈相承的地方。作者一方面感歎於當時教育條件的不善，想找個比較好的小學校都難，同時也承認自己不是特別優秀的父親，坦白在教育孩子上也有失誤的時候。但另一方面，作者認為，「兒女的生長只有在環境的限制之內，憑他們自己的心思能力去應付一切」，做父母的只有誘導。最後，作者希望孩子們在體魄和心智上勝似自己；在職業上不要成為「剝削階級」，希望他們能夠憑自己的勞力，產生切實應用的東西。

　　從這些文字中，可見作者善於自省、坦白老實、豁達通透的人格。作者的三個孩子，葉至善、葉至美、葉至誠，後來都在各自的領域中，做出了很好的成績。可見作者教育孩子的成功。

　　假若至今還沒有兒女，是不是要與有些人一樣，感到是人生的缺憾，心頭總有這麼一個失望牽縈着呢？

　　我與妻都説不至於吧。一些人沒有兒女感到缺憾，因為他們認為兒女是他們分所應得的，應得而不得，當然要失望。也許有人説，沒有兒女就是沒有給社會盡力，對於種族的綿延沒有盡責任，那是頗為冠冕堂皇的話，是隨後找來給自己解釋的理由，查問到根抵，還是個得不到應得的不滿足之感而已。我們以為人生的權利固有多端，而兒女似乎不在多端之內，所以説不至於。

　　但是兒女早已出生了，這個設想無從證實。在有了兒女的今日，設想沒有兒女，自然覺得可以不感缺憾；倘若今日真個還沒有兒女，也許會感到非常寂寞、非常惆悵吧。這是説不定的。

　　「教育是專家的事業」，這句話近來幾乎成了口號，但是這意義彷彿向來被承認的。然而一為父母就得兼充專家也是事實。非專家的專家擔起教育的責任來，大概走兩條路：一是盡許多不必要的心，結果是「非徒無益，而又害之」[①]，一是給了個「無所有」，本應在兒女的生活中給充實些甚麼，可是並沒有把該給充實的付與兒女。

　　自家反省，非意識地走的是後一條路。雖然也像一般父親一樣，被一家人用作鎮壓孩子的偶像，在沒法對付時，就「爹爹，你看某某！」這樣喊出來；有時被引動了感情，罵

————————

① 　此句話的意思是不但（對兒女）沒有好處，反而把他們給害了。

一頓甚至打一頓的事也有。但是收場往往像兩個孩子爭鬧似的，說着「你不那樣，我也就不這樣」的話，其意若曰：彼此再別說這些，重複和好了吧。這中間積極的教訓之類是沒有的。

不自命為「名父」的，大多走與我同樣的路。

自家就沒有甚麼把握，一切都在學習試驗之中，怎麼能給後一代人預先把立身處世的道理規定好了教給他們呢？

學校，我想也不是與兒女有甚麼了不起的關係的。學習一些符號，懂得一些常識，結交若干朋友，度過若干歲月，如是而已。

以前曾經擔過憂慮，因為自家是小學教員出身，知道小學的情形比較清楚，以為像個模樣的小學太少了，兒女達到入學年齡的時候將無處可送。現在兒女三個都進了學校，學校也不見特別好，但是我毫不存勉強遷就的意思。

一定要有理想的小學才把兒女送去，這無異看兒女作特別珍貴、特別柔弱的花草，所以要保藏在裝着暖氣管的玻璃花房裏。特別珍貴麼，除了有些國家的華冑貴族，誰也不肯對兒女作這樣的誇大口吻；特別柔弱麼，那又是心所不甘，要抵擋得風雨，經歷得霜雪，這才可喜。——我現在作這樣想，自笑以前的憂慮殊屬無謂。

何況世間為生活所限制，連小學都不得進的多得很，他們一樣要挺直身軀、立定腳跟做人。學校好壞於人究竟有何等程度的關係呢？——這樣想時，以前的憂慮尤見得我的淺陋了。

我這方面既然給了個「無所有」，學校方面又沒有甚麼

了不起的關係，這就攔到了角落裏，兒女的生長只有在環境的限制之內，憑他們自己的心思能力去應付一切。這裏所謂環境，包括他們所有遭值的事和人物，一飲一啄，一貓一狗，父母教師，街市田野，都在裏頭。

做父親的真欲幫助兒女僅有一途，就是誘導他們，讓他們鍛煉這種心思能力。若去請教專門的教育者，當然，他將說出許多微妙的理論，但是要義大致也不外乎此。

可是，怎樣誘導呢？我就茫然了。雖然知道應該往哪一方向走，但是沒有往前走的實力，只得站在這裏，搓着空空的一雙手，與不曾知道方向的並無兩樣。我很明白，對兒女最抱歉的就是這一點，將來送不送他們進大學倒沒有多大關係。因為適宜的誘導是在他們生命的機械裏加添燃料，而送進大學僅是給他們文憑、地位，以便剝削他人而已。（有人說起振興大學教育可以救國，不知如何，我總不甚相信，卻往往想到這樣不體面的結論上去。）

他們應付環境不得其當甚至應付不了的時候，一定會悵然自失，心裏想，如果父親早給點幫助，或者不至於這樣無所措吧。這種歸咎，我不想躲避，也沒法躲避。

對於兒女也有我的希望。

一句話而已，希望他們勝似我。

所謂人間所謂社會雖然很廣漠，總直覺地希望它有進步。而人是構成人間社會的。如果後代無異前代，那就是站在老地方沒有前進，徒然送去了一代的時光，已屬不妙。或者更甚一點，竟然「一代不如一代」，試問人間社會經得起幾回這樣的七折八扣呢！憑這麼想，我希望兒女必須勝似我。

爬上西湖葛嶺[2]那樣的山就會氣喘，提十斤左右重的東西走一兩里路胳膊就會痠好幾天，我這種身體是完全不行的。我希望他們有強壯的身體。

　　人家問一句話一時會答不上來，事務當前會十分茫然，不知怎樣處置或判斷，我這種心靈是完全不行的。我希望他們有明澈的心靈。

　　説到職業，現在幹的是筆墨的事，要説那干係之大，當然可以戴上文化或教育的高帽子，於是彷彿覺得並非無聊。但是能夠像工人、農人一樣，拿出一件供人家切實應用的東西來麼？沒有！自家卻使用了人家生產的切實應用的東西，豈非也成了可羞的剝削階級？文化或教育的高帽子只能掩飾醜臉，聊自解嘲而已，別無意義。這樣想時，更菲薄自己，達於極點。我希望他們與我不一樣：至少要能夠站在人前宣告道：「憑我們的勞力，產生了切實應用的東西，這裏就是！」其時手裏拿的是布匹米麥之類；即使他們中間有一個成為玄學家，也希望他同時鑄成一些齒輪或螺絲釘。

　　　　　　　　　　　　　　　　　一九三〇年十一月作

──────────

②　葛嶺，西湖北側的一座小山，高約 160 米。

牽牛花

導讀

　　本文刊於丁玲主編的《北斗》創刊號（1931 年 9 月 20 日出版），收入散文集《未厭居習作》，又收入《葉聖陶集》第 5 卷。

　　在大上海的里弄裏種植牽牛花，當然不及鄉村來得方便，但作者還是費時費力把它種出來了。牽牛花也的確沒有辜負作者，它使整個庭院都成了「繫人心情的所在」。無論是起牀還是下班，作者都要去看看它。

　　從牽牛花這樣身邊的小事物中，作者發現了生命力的頑強。「前一晚只是綠豆般大一粒嫩頭，早起看時，便已透出二三寸長的新條，綴一兩張長滿細白絨毛的小葉子，葉柄處是僅能辨認形狀的小花蕾，而末梢又有了綠豆般大一粒嫩頭。有時認着牆上斑駁痕想，明天未必便爬到那裏吧，但出乎意外，明晨竟爬到了斑駁痕之上。好努力的一夜功夫！『生之力』不可得見；在這樣小立靜觀的當兒，卻默契了『生之力』了。漸漸地，渾忘意想，復何言說，只呆對着這一牆綠葉。」這一段是文眼，充分說明了身邊的萬事萬物，只要認真觀察，無不給人以啟迪，具有讓人感動的特質。

手種牽牛花，接連有三四年了。水門汀地沒法下種，種在十來個瓦盆裏。泥是今年又明年反覆用着的，無從取得新的泥來加入。曾與鐵路軌道旁種地的那個北方人商量，願出錢向他買一點，他不肯。

從城隍廟的花店裏買了一包過磷酸骨粉，摻和在每一盆泥裏，這算代替了新泥。

瓦盆排列在牆腳，從牆頭垂下十條麻線，每兩條距離七八寸，讓牽牛的藤蔓纏繞上去。這是今年的新計劃，往年是把瓦盆擺在三尺光景高的木架子上的。這樣，藤蔓很容易爬到了牆頭；隨後長出來的互相糾纏着，因自身的重量倒垂下來，但末梢的嫩條便又蛇頭一般仰起，向上伸，與別組的嫩條糾纏，待不勝重量時重演那老把戲。因此牆頭往往堆積着繁密的葉和花，與牆腰的部分不相稱。今年從牆腳爬起，沿牆多了三尺光景的路程，或者會好一點；而且，這就將有一垜完全是葉和花的牆。

藤蔓從兩瓣子葉中間引伸出來以後，不到一個月功夫，爬得最快的幾株將要齊牆頭了。每一個葉柄處生一個花蕾，像穀粒那麼大，便轉黃萎去。據幾年來的經驗，知道起頭的一批花蕾是開不出來的。到後來發育更見旺盛，新的葉蔓比近根部的肥大，那時的花蕾才開得成。

今年的葉格外綠，綠得鮮明；又格外厚，彷彿絲絨剪成的。這自然是過磷酸骨粉的功效。他日花開，可以推知將比往年的盛大。

但興趣並不專在看花，種了這小東西，庭中就成為繫人心情的所在，早上才起，工畢回來，不覺總要在那裏小立一

會兒。那藤蔓纏着麻線捲上去，嫩綠的頭看似靜止的，並不動彈；實際卻無時不迴旋向上，在先朝這邊，停一歇再看，它便朝那邊了。前一晚只是綠豆般大一粒嫩頭，早起看時，便已透出二三寸長的新條，綴一兩張長滿細白絨毛的小葉子，葉柄處是僅能辨認形狀的小花蕾，而末梢又有了綠豆般大一粒嫩頭。有時認着牆上的斑駁痕想，明天未必便爬到那裏吧，但出乎意外，明晨竟爬到了斑駁痕之上。好努力的一夜功夫！「生之力」不可得見；在這樣小立靜觀的當兒，卻默契了「生之力」了。漸漸地，渾忘意想，復何言說，只呆對着這一牆綠葉。

即使沒有花，興趣未嘗短少；何況他日花開，將比往年盛大呢。

一九三一年九月二十日發表

書匡互生先生

> ◖ **導讀**

　　本文發表於《中學生》第 26 號（1932 年 7 月 1 日出版），未署名，收入《葉聖陶集》第 5 卷。

　　匡互生（1891—1933），湖南邵陽人。據《悼匡互生先生》（刊《中學生》1933 年第 35 期）一文介紹：匡互生「是『五四』運動時首先衝進曹汝霖的住宅和衞兵格鬥的人。他曾經懷着炸彈跑到長沙，預備炸死北洋軍閥張敬堯。他是把生死置之度外的。他始終用了這種精神在中等教育界服務。民國十四年，他集合同志創辦立達學園於上海，從此以後，他常穿着破舊的衣服，啃着冷硬的燒餅，為立達奔走，去年『一‧二八』滬變發生，立達毀於暴日的炮火，知道立達的人都以為立達只能成為歷史上的名詞了。但他在這國難期中奔了父母的喪回到上海，邊集合同志力謀恢復，不到半年，頹垣滿目的江灣，煥然一新的立達又出世了。立達復興了，他的勇往直前的精神，刻苦耐勞的習慣，都使人欽敬。」

　　本文就是詳細敍述匡互生在「一‧二八」後恢復立達學園的經過的。作者讚美匡互生堅忍不拔，為國家民族的未來嘔心瀝血的精神，並希望本文的讀者能夠看重自己，不辜負匡互生的希望。

　　一星期前，周予同先生對記者說：「這次戰後重來上海，朋友中最使我受感動的有三個人，第一個便是匡互生先生。當戰事劇烈時，大家都以為立達學園將從此毀滅，絕沒有重興的希望了。到上海後，聽說匡先生仍在力謀重興，已經覺得奇怪。後來到江灣去一看，立達竟已煥然一新：被破壞的屋宇門窗都已修葺完整，被搶失的校具書物都已重行置備。而且學生宿舍裏，從前本用木牀的，竟一律換成嶄新的鐵牀。暑期補習的學生已經到了一百多人。呵，這是何等可驚奇的事呵！」

　　「一・二八」①事件發生以後，江灣因接近閘北，立達學園立刻受到恐慌。那時正在寒假期內，有幾位重要的教職員都已因假回里，但許多遠道學生卻仍然住在校內。其餘沒有回里並帶有家屬的許多教師便大家集議，主張將學生遷往設在南翔的立達農場，家眷也都移到安全一點的地方去。決定之後，學生和學校中重要的器物逐漸遷移，教師也大多數帶了家眷搬往南翔或上海。匡互生先生卻決意留守學校，他的夫人也願和他同在一起，不肯離開江灣。後來軍隊駐入校內，他仍然和軍隊同住，並且每隔一天必去南翔一次，第二天又回江灣，直到江灣被日軍佔領為止。江灣一經失守，南翔也告危急。立達的學生和農場的種蜂、種雞又從南翔遷往無錫，匡先生這時又奔走於南翔、無錫兩地，沒有息腳。這

---

① 「一・二八」，指 1932 年 1 月 28 日，日軍突然進攻上海，駐守上海的國民革命軍第十九路軍奮起抵抗。後在英、美、法等國調停下，國民政府和日本簽訂了《淞滬停戰協定》。

其間最使他為難的，是學校毫無現款，學生的飯食和雞的食料每天需銀二百餘元沒法供給，雖經多方借貸，都被拒絕。正在這時候，他寶慶的家中來了一個電報，說他的父親病故，叫他立刻回去。他不得已只好帶了家眷奔喪回籍，在家中大約逗留了一星期，把喪事匆匆辦妥，便又單身從寶慶趕回無錫。那時候戰事暫告平息，「停戰協定」還沒簽字。他曾於此時來上海一次，籌劃運雞蛋來上海，把賣得的錢去買雞的食料。不料剛在他從上海回無錫的時候，又從無錫轉來一個他家裏發出的電報，這電報再從上海轉往無錫，卻報告他的母親逝世了！於是他又二次奔喪回籍。家中遭了兩次的大故，學校又受了這樣重大的打擊，許多人都以為雖是匡先生也不免要灰心了吧。但匡先生卻仍然匆匆地辦了喪事，趕回上海。後來他對人說：「我不該只知有母親，不知有學校。假使我再遲幾天回去，南翔農場裏的東西一定還可搬出許多，所受損失不致這樣重大。」

「停戰協定」簽字之後，他立刻趕回江灣，察看學校損壞的情形，用鉛筆一一記載在日記簿上，計算恢復應需的費用，並且搜尋遺在校內的未爆炸彈，設法搬去，同時又派人守校，這時他比戰時更加忙碌，奔走於江灣、上海、無錫、南京等處，所做的事，如籌劃款項、搬移物件、修理破壞、計劃下半年開學等事，不但足無停趾，簡直飢不得食、倦不得睡。有一次，他要去見一位闊人，請他捐助款項，因為時間不及，僱了一輛汽車，叫車夫開足速力，限在約定時間內趕到。這時正在早晨，又落着綿綿的細雨，街上沒有行人。汽車開足了馬達，飛一般地直向前駛，正當轉彎的地方，車

夫來不及轉換方向，竟把車一頭撞在一所大廈的鐵門上。門被撞壞了，汽車也停止了，汽車夫和車內的匡先生都暈倒在地上。鐵門內的主人沒有知道，而這條冷落的街上，竟連員警也沒有，匡先生醒來的時候，看到旁邊臥着的車夫，以為已經死去，一按脈息，慶幸着還沒有死。這時員警居然慢慢地來了，他便把車夫和車交給了員警，自己仍然負着傷換車到捐款的地方去。從那邊出來，才到醫生處去診察，幸而只在胸口受了一點微傷。因為汽車轉彎的時候，他一看要發生事故，早把兩手攀住連篷上掛着的藤圈，將身子懸在空中，所以受傷不重。醫生除給了藥之外，叫他每天要喝幾杯白蘭地，活動血脈。他到酒館裏去喝了一杯，算賬的時候知道要六角大洋，便不敢再喝了。

現在匡先生的傷已漸漸地平復了，立達學園也如周先生所説煥然一新了。但是匡先生仍是一天到晚焦慮着：學校的欠債應該怎樣設法償還，學校的基礎應該怎樣使它穩固。

我們寫這段文字，並不是想表揚匡先生。匡先生一向不喜歡人家表揚，而且也用不着人家表揚。我們的本意，無非希望諸君看了獻身於中等教育事業的匡先生的事跡，能夠有所感動，知道在中國的現在，有像匡先生這樣的人正為着青年而獻身，青年諸君不應該把自己看作無關重輕才是。

一九三二年七月一日發表

說 書

◖ **導讀**

　　本文發表於《太白》第 1 卷第 2 期（1934 年 10 月 5 日出版），署名聖陶，後收入《未厭居習作》，又收入《葉聖陶集》第 5 卷。

　　現代傳媒方式很多，廣播、電影、電視、電腦、手機……都能播出節目。無論家裏，在公司，還是在車上，人們都能很方便地接觸各種文藝作品。所以，除了專門場所，今天很少見人說書。但一百多年前的情況與今天不同，除閱讀外，人們接觸文藝作品的主要渠道是戲曲和說書。作者從小跟父親聽說書，對於流行於蘇州一帶的各種形式的說書都很熟悉。

　　本文介紹了兩種「書」：一種是「小書」。表白裏夾着唱詞，有琵琶或銅絲琴伴奏，唱詞依據「中州韻」，內容多為才子佳人故事，很講究細節，說段小姐下樓往往得好幾天。另一種是「大書」。「大書」沒唱詞，完全是表白，內容多為歷史故事或江湖好漢，說的時候注重表演。此外，本文還介紹了說書的場所 —— 書場。作者一路娓娓道來，既增人見識，又趣味盎然，是一篇生動活潑的文章。

　　因為我是蘇州人，望道[①]先生要我談談蘇州的說書。我從七八歲的時候起，私塾裏放了學，常常跟着父親去「聽書」，到十三歲進了學校才間斷，這幾年間聽的「書」真不少。「小書」如《珍珠塔》、《描金鳳》、《三笑》、《文武香球》，「大書」如《三國志》、《水滸》、《英烈》、《金台傳》，都不止聽一遍，最多的聽到三遍四遍。但是現在差不多忘記乾淨了，不要說「書」裏的情節，就是幾個主要人物的姓名也說不齊全了。

　　「小書」說的是才子佳人，「大書」說的是歷史故事跟江湖好漢，這是大概的區別。「小書」在表白裏夾着唱詞，唱的時候說書人彈着三弦；如果是雙檔（兩個人登台），另外一個就彈琵琶或者打銅絲琴。「大書」沒有唱詞，完全是表白。說「大書」的那把黑紙扇比較說「小書」的更為有用，幾乎是一切「道具」的代替品，諸葛亮不離手的鵝毛扇，趙子龍手裏的長槍，李逵手裏的板斧，胡大海手托的千斤石，都是那把黑紙扇。

　　說「小書」的唱詞據說是依「中州韻[②]」的，實際上十之八九是方音，往往前後鼻音不分，「真」「庚」同韻。唱的調子有兩派：一派叫「馬調」，一派叫「俞調」。「馬調」

①　望道，即陳望道（1891—1977），中國著名教育家、修辭學家、語言學家。

②　中州韻，我國近代戲曲韻文所根據的韻部。中州韻以北方話為基礎，是我國許多戲曲劇種在唱曲和念白時使用的一種字音標準。中州，指河南一帶。

質樸，「俞調」婉轉；「馬調」容易聽清楚，「俞調」抑揚太多，唱得不好，把字音變了，就聽不明白；「俞調」又比較是女性的，說書的如果是中年以上的人，勉強逼緊了喉嚨，發出撕裂似的聲音來，真叫人坐立不安、渾身肉麻。

「小書」要說得細膩。《珍珠塔》裏的陳翠娥見母親勢利，冷待遠道來訪的窮表弟方卿，私自把珍珠塔當作乾點心送走了他。後來忽聽得方卿來了，是個唱「道情③」的窮道士打扮，要求見她。她料知其中必有蹊蹺，下樓去見他呢還是不見他，躊躇再四，於是下了幾級樓梯就回上去，上去了又走下幾級來，這樣上上下下有好多回，一回有一回的想頭。這段情節在名手有好幾天可以說。其時聽眾都異常興奮，彼此猜測，有的說：「今天陳小姐總該下樓梯了。」有的說：「我看明天還得回上去呢。」

「大書」比較「小書」尤其着重表演。說書人坐在椅子上，前面是一張半桌，偶然站起來，也不很容易迴旋，可是像演員上了戲台一樣，交戰、打擂台，都要把雙方的姿態做給人家看。據內行家的意見，這些動作要做得沉着老到，一絲不亂，才是真功夫。說到這等情節自然很吃力，所以這等情節也就是「大書」的關子。譬如聽《水滸》，前十天半個月就傳說「明天該是景陽岡打虎了」，但是過了十天半個月，還只說到武松醉醺醺跑上岡子去。

---

③　道情，一種民間曲藝形式，原為道士演唱的道教故事的曲子，後一般民間故事也可做題材。

名家散文必讀系列‧葉聖陶

說「大書」的又有一聲「咆頭」，算是了不得的「力作」。那是非常之長的喊叫，舌頭打着滾，聲音從闊大轉到尖銳，又從尖銳轉到奔放，有本領地喊起來，大概佔到一兩分鐘的時間：算是勇夫發威時候的吼聲。張飛喝斷灞陵橋就是這麼一聲「咆頭」。聽眾聽到了「咆頭」，散出書場來還覺得津津有味。

無論「小書」和「大書」，說起來都有「表」跟「白」的分別。「表」是用說書人的口氣敍述，「白」是說書人說書中人的話。所以「表」的部分只是說書人自己的聲口，而「白」的部分必須起角色，生旦淨丑，男女老少，各如書中人的身份。起角色的時候，大概貼旦丑角之類仍用蘇白，正角色就得說「中州韻」，那就是「蘇州人說官話」了。

說書並不專說書中的事，往往在可以旁生枝節的地方加入許多「穿插」。「穿插」的來源無非《笑林廣記》④之類，能夠自出心裁地編排一兩個「穿插」的當然是能手了。關於性的笑話最受聽眾歡迎，所以這類「穿插」差不多每回可以聽到。最後的警句說了出來之後，滿場聽眾個個哈哈大笑，一時合不攏嘴來。

書場設在茶館裏。除了蘇州城裏，各鄉鎮的茶館也有書場。也不止蘇州一地，大概整個吳方言區域全是這批說書人的說教地。直到如今還是如此。聽眾是士紳以及商人，以及小部分的工人、農民。從前女人不上茶館聽書，現在可不同

---

④ 《笑林廣記》，清代人編選的一部笑話集。

了。聽書的人在書場裏欣賞說書人的藝術，同時得到種種的人生經驗：公子小姐的戀愛方式，吳用式的陰謀詭計，君師主義的社會觀，因果報應的倫理觀，江湖好漢的大塊分金、大碗吃肉，超自然力的宰制人間，無法抵抗……也說不盡這許多，總之，那些人生經驗是非現代的。

現在，書場又設到無線電播音室裏去了。聽眾不用上茶館，只要旋轉那「開關」，就可以聽到叮叮咚咚的弦索聲或者海瑞、華太師等人的一聲長嗽。非現代的人生經驗利用了現代的利器來傳播。這真是時代的諷刺。

一九三四年十月五日發表

三種船

導讀

　　本文發表於《太白》第 1 卷第 7 期（1934 年 12 月 20 日出版），署名聖陶，後收入《未厭居習作》，又收入《葉聖陶集》第 5 卷。

　　今天我們出門，路途長點的，選擇飛機、火車、輪船；路途短點的，選擇汽車，很少有坐木船的。但在半個多世紀前，北方人出行最常用的交通工具是馬車，而長江流域的常用交通工具則是船，且各地的船很不一樣。現代文學作品中，有很多寫船的，周作人的《烏篷船》寫紹興的船，沈從文的《常德的船》寫湘西的船，葉聖陶生長在蘇州，本文所寫的是流行在 20 世紀 30 年代的蘇州的三種船：

　　第一種船叫做快船。這是蘇州城裏的船，是富裕人家出門時乘坐的，船上提供船菜；第二種船是「噹噹船」。因沿途「噹噹噹」敲小銅鑼招呼乘客而得名，因經營者多為紹興人，又稱紹興船；第三種是航船。如果説快船類似於包車，那麼「噹噹船」和「航船」則類似於公共汽車，但「噹噹船」快，「航船」慢。

　　作者在寫三種船時，把對船形的描寫和鄉村風俗結合起來，如寫快船時，不僅清清楚楚寫明船艙是甚麼樣，後艄是甚麼樣，還將跟快船有關的民風民俗寫了出來，如船菜、相罵等，宛若將你帶進民國的世界。這篇文章生動活潑，充滿意趣，是活生生的歷史教科書。

一連三年沒有回蘇州去上墳了。今年秋天有點空閒，就去上一趟墳。上墳的意思無非是送一點錢給看墳的墳客，讓他們知道某家的墳還沒有到可以盜賣的地步罷了。上我家的墳得坐船去。蘇州人上墳向來大都坐船，天氣好，逃出城圈子，在清氣充塞的河面上暢快地呼吸一天半天，確是非常舒服的事。這一趟我去，僱的是一條熟識的船。塗着的漆差不多剝光了，窗框歪斜，平板破裂，一副殘廢的樣子。問起船家，果然，這條船幾年沒有上岸修理了。今年夏季大旱，船只好膠住在淺淺的河濱裏，哪裏還有甚麼生意，又哪裏來錢上岸修理。就是往年，除了春季上墳，船也只有停在碼頭上迎曉風送夕陽的份兒。近年來到各鄉各鎮去，都有了小輪船，不然，可以坐紹興人的「噹噹船」，也不比小輪船慢，而且價錢都很便宜。如果沒有上墳這件事，蘇州城裏的船恐怕只能劈做柴燒了。而上墳的事大概是要衰落下去的，就像我，已經改變為三年上一趟墳了。

　　蘇州城裏的船叫做「快船」，與別地的船比起來，實在是並不快的。因為不預備經過甚麼長江大湖，所以吃水很淺，船底闊而平。除了船頭是露天以外，分做頭艙、中艙和艄篷三部分。頭艙可以搭高，讓人站直不至於碰頭頂。兩旁邊各有兩把或者三把小巧的靠背交椅，又有小巧的茶几。前簷掛着紅綠的明角燈，明角燈又掛着紅綠的流蘇。踏腳的是廣漆的平板，一般是六塊，由橫的直的木條承着。揭開平板，下面是船家的儲藏庫。中艙也鋪着若干塊平板，可是差不多貼着船底，所以從頭艙到中艙得跨下一尺多。中艙兩旁邊是兩排小方窗，上面的一排可以吊起來，第二排可以卸

去，以便靠着船舷眺望。以前窗子都配上明瓦，或者在拼湊的明瓦中間鑲這麼一小方玻璃，後來玻璃來得多了，就完全用玻璃。中艙與頭艙、艄篷分界處都有六扇書畫小屏門，上方下方裝在不同的幾條槽裏，要開要關，只需左右推移。書畫大多是金漆的，無非「寒雨連江夜入吳」，「月落烏啼霜滿天」以及梅蘭竹菊之類。中艙靠後靠右擱着長板，供客憩①坐。如果過夜，只要靠後多拼一兩條長板，就可以攤被褥。靠左當窗放一張小方桌，方桌旁邊四張小方凳。如果在小方桌上放上圓桌面，十來個人就可以聚餐。靠後靠右的長板以及頭艙的平板都是座頭，小方凳擺在角落裏湊數。末了兒說到艄篷，那是船家整個的天地。艄篷同頭艙一樣，平板以下還有地位，放着鍋灶碗櫥以及鋪蓋衣箱種種東西。揭開一塊平板，船家就蹲在那裏切肉煮菜。此外是搖櫓人站着搖櫓的地方。櫓左右各一把，每把由兩個人服事，一個當櫓柄，一個當櫓繩。船家如果有小孩，走不來的躺在困桶裏，放在翹起的後艄，能夠走的就讓他在那裏爬，攔腰一條繩拴着，繫在篷柱上，以防跌到河裏去。後艄的一旁露出四條棍子，一順地斜併着，原來大概是護船的武器，後來轉變成裝飾品了。全船除着水的部分以外，窗門板柱都用廣漆，所以沒有其他船上常有的那種難受的桐油氣味。廣漆的東西容易擦乾淨，船旁邊有的是水，只要船家不懶惰，船就隨時可以明亮爽目。

---

① 憩（qì），休息。

從前，姑奶奶回娘家哩，老太太看望小姐哩，坐轎子嫌吃力，就喚一條快船坐了去。在船裏坐得舒服，躺躺也不妨，又可以吃茶、吸水煙，甚至抽大煙。只是城裏的河道非常髒，有人家傾棄的垃圾，有染坊裏放出來的顏色水，淘米、淨菜、洗衣服、刷馬桶又都在河旁邊幹，使河水的顏色和氣味變得沒有適當的字眼可以形容。有時候還浮着肚皮脹得飽飽的死貓或者死狗的屍體。到了夏天，紅裏子白裏子黃裏子的西瓜皮更是洋洋大觀。蘇州城裏河道多，有人就說是東方的威尼斯。威尼斯像這個樣子，又何足羨慕呢？這些，在姑奶奶老太太等人是不管的，只要小天地裏舒服，以外盡不妨馬虎，而且習慣成自然，那就連抬起手來按住鼻子的力氣也不用花。城外的河道寬闊清爽得多，到附近的各鄉各鎮去，或逢春秋好日子遊山玩景，以及幹那宗法社會裏的重要事項——上墳，喚一條快船去當然最為開心。船家做的菜是菜館比不上的，特稱「船菜」。正式的船菜花樣繁多，菜以外還有種種點心，一頓吃不完。非正式地做幾樣也還是精，船家訓練有素，出手總不脫船菜的風格。拆穿了說，船菜所以好就在於只準備一席，小鑊小鍋，做一樣是一樣，湯水不混合，材料不馬虎，自然每樣有它的真味，叫人吃完了還覺得饞涎欲滴。倘若船家進了菜館裏的大廚房，大鑊炒蝦，大鍋煮雞，那也一定會有坍台的時候的。話得說回來，船菜既然好，坐在船裏又安舒，可以眺望，可以談笑，玩它個夜以繼日，於是快船常有求過於供的情形。那時候，遊手好閒的蘇州人還沒有識得「不景氣」的字眼，腦子裏也沒有類似「不景氣」的想頭，快船就充當了適

應時地的幸運兒。

除了做船菜，船家還有一種了不得的本領，就是相罵。相罵如果只會防禦，不會進攻，那不算稀奇。三言兩語就完，不會像藤蔓似的糾纏不休，也只能算次等角色。純是常規的語法，不會應用修辭學上的種種變化，那就即使糾纏不休也沒有甚麼精彩。船家與人家相罵起來，對於這三層都能毫無遺憾，當行出色。船在狹窄的河道裏行駛，前面有一條鄉下人的柴船或者甚麼船冒冒失失地搖過來，看去也許會碰撞一下，船家就用相罵的口吻進攻了：「你瞎了眼睛嗎？這樣橫衝直撞是不是去趕死？」諸如此類。對方如果有了反響，那就進展到糾纏不休的階段，索性把搖櫓撐篙的手停住了，反覆再四地大罵，總之錯失全在對方，所以自己的憤怒是不可遏制的。然而很少罵到動武，他們認為男人盤辮子，女人扭胸脯不屬於相罵的範圍。這當兒，你得欣賞他們的修辭的才能。要舉例子，一時可記不起來，但是在聽到他們那些話語的時候，你一定會想，從沒有想到話語可以這麼說的，然而惟有這麼說，才可以包含怨恨、刻毒、傲慢、鄙薄種種成分。編輯人生地理教科書的學者只怕沒有想到吧，蘇州城裏的河道養成了船家相罵的本領。

他們的搖船技術是在城裏的河道訓練成功的，所以長處在於能小心謹慎，船與船擦身而過，彼此絕不碰撞。到了城外去，遇到逆風固然也會拉縴，遇到順風固然也會張一扇小巧的布篷，可是比起別種船上的駕駛人來，那就不成話了。他們敢於拉縴或者張篷的時候，風一定不很大，如果真個遇到大風，他們就小心謹慎地回覆你：「今天去不成。」譬

如我去上墳必須經過石湖，雖然吳瞿安[②]先生曾作詩說石湖「天風浪浪」甚麼甚麼以及「羣山為我皆低昂」，實在是個並不怎麼闊大的湖面，旁邊只有一座很小的上方山，每年陰曆八月十八，許多女巫都要上山去燒香的。船家一聽說要過石湖就抬起頭來看天，看有沒有起風的意思。到進了石湖的時候，臉色不免緊張起來，說笑都停止了。聽得船頭略微有汩汩的聲音，就輕輕地互相警戒：「浪頭！浪頭！」有一年我家去上墳，風在十點過後大起來，船家不好說回轉去，就堅持着不過石湖。這一回難為了我們的腿，來回跑了二十里光景才上成了墳。

現在來說紹興人的「噹噹船」。那種船上備着一面小銅鑼，開船的時候就噹噹噹噹敲起來，算是信號；中途經過市鎮，又噹噹噹噹敲起來，招呼乘客，因此得了這奇怪的名稱。我小時候，蘇州地方沒有那種船。甚麼時候開頭有的，我也說不上來。直到我到甪直[③]去當教師，才與那種船有了緣。船停泊在城外，據傳聞，是與原有的航船有過一番鬥爭的。航船見它來搶生意，不免設法阻止。但是「噹噹船」的船夫只知道硬幹，你要阻止他們，他們就與你打。大概交過了幾回手吧，航船夫知道自己不是那些紹興人的敵手，也就只好用鄙夷的眼光看他們在水面上來去自由了。中間有沒有立案呀登記呀這些手續，我可不清楚，總之那些紹興人

名家散文必讀系列・葉聖陶

②　吳瞿安，即吳梅（1884—1939），字瞿安，戲曲領域研究大家。
③　甪（lù）直，地名，在江蘇。

用腕力開闢了航線是事實。我們有一句話，「麻雀豆腐紹興人」，意思是說有麻雀豆腐的地方也就有紹興人，紹興人與麻雀豆腐一樣普遍於各地。試把「噹噹船」與航船比較，就可以證明紹興人是生存鬥爭裏的好角色，他們與麻雀豆腐一樣普遍於各地，自有所以然的原因。這看了後文就知道，且讓我把「噹噹船」的體制敍述一番。

「噹噹船」屬於「烏篷船」的系統，方頭，翹尾巴，穹形篷，橫裏只夠兩個人並排坐，所以船身特別見得長。船旁塗着綠釉，底部卻塗紅釉，輕載的時候，一道紅色露出水面，與綠色作強烈的對照。篷純黑色。舵或紅或綠，不用，就倒插在船艄，上面歪歪斜斜標明所經鄉鎮的名稱，大多用白色。全船的材料很粗陋，製作也將就，只要河水不至於灌進船裏就成，橫一條木條，豎一塊木板，像破衣服上的補綴一樣，那是不在乎的。我們上旁的船，總是從船頭走進艙裏去。上「噹噹船」可不然，我們常常踩着船邊，從推開的兩截穹形篷中間把身子挨進艙裏去，這樣見得爽快。大家既然不歡喜鑽艙門，船夫有人家托運的貨品就堆在那裏，索性把艙門堵塞了。可是踩船邊很要當心。西湖划子的活動不穩定，到過杭州的人一定有數，「噹噹船」比西湖划子大不了多少，它的活動不穩定也與西湖划子不相上下。你得迎着勢，讓重心落在踩着船邊的那隻腳上，然後另一隻腳輕輕伸下去，點着艙裏鋪着的平板。進了艙你就得坐下來。兩旁靠船邊擱着又狹又薄的長板就是座位，這高出鋪着的平板不過一尺光景，所以你坐下來就得聳起你的兩個膝蓋，如果對面也有人，那就實做「促膝」了。背心可以靠在船篷上，軀幹

最好不要挺直，挺直了頭觸着篷頂，你不免要起侷促之感。先到的人大多坐在推開的兩截穹形篷的空當裏，這裏雖然是出入要道。時時有偏過身子讓人家的麻煩，卻是個優越的位置，透氣，看得見沿途的景物，又可以輪流把兩臂擱在船邊，舒散舒散久坐的睏倦。然而遇到風雨或者極冷的天氣，船篷必須拉攏來，那位置也就無所謂優越，大家一律平等，埋沒在含有惡濁氣味的陰暗裏。

「嚙嚙船」的船夫差不多沒有四十以上的人，身體都強健，不懂得愛惜力氣，一開船就拼命划。五個人分兩邊站在高高翹起的船艄上，每人管一把櫓，一手當櫓柄，一手當櫓繩。那櫓很長，比旁的船上的櫓來得輕薄。當推出櫓柄去的時候，他們的上身也衝了出去，似乎要跌到河裏去的模樣。接着把櫓柄挽回來，他們的身子就往後頓，彷彿要坐下來似的。五把櫓在水裏這樣強力地划動，船身就飛快地前進了。有時在船頭加一把槳，一個人背心向前坐着，把它扳動，那自然又增加了速率。只聽得河水活活地向後流去，奏着輕快的調子。船夫一壁划船，一壁隨口唱紹興戲，或者互相說笑，有猥褻的性談，有紹興風味的幽默諧語，因此，他們就忘記了疲勞，而旅客也得到了解悶的好資料。他們又喜歡與旁的船競賽，看見前面有一條甚麼船，船家搖船似乎很努力，他們中間一個人發出號令說：「追過它。」其餘幾個人立即同意，推呀挽呀分外用力，身子一會兒衝出去，一會兒倒仰過來，好像忽然發了狂。不多時果然把前面的船追過了，他們才哈哈大笑，慶賀自己的勝利，同時回復到原先的速率。由於他們划得快，比較性急的人都歡喜坐他們的船，

譬如從蘇州到甪直是「四九路」（三十六里），同樣地划，航船要六個鐘頭，「噹噹船」只要四個鐘頭，早兩個鐘頭上岸，即使不想趕做甚麼事，身體究竟少受些拘束，何況船價同樣是一百四十文，十四個銅板。（這是十五年前的價錢，現在總該增加了。）

風順，「噹噹船」當然也張風篷。風篷是破衣服、舊輓聯、乾麵袋等等材料拼湊起來的，形式大多近乎正方。因為船身不大，就見得篷幅特別大，有點不相稱。篷杆豎在船頭艙門的地位，是一根並不怎麼粗的竹頭，風越大，篷杆越彎，把袋滿了風的風篷挑出在船的一邊。這當兒，船的前進自然更快，聽着嘩嘩的水聲，彷彿坐了摩托船。但是膽子小點的人就不免驚慌，因為船的兩邊不平，低的一邊幾乎齊水面，波浪大，時時有水花從艙篷的縫裏潑進來。如果坐在低的一邊，身體被動地向後靠着，誰也會想到船一翻自己就最先落水。坐在高的一邊更得費力氣，要把兩條腿伸直，兩隻腳踩緊在平板上，才不至於脫離座位，跌撲到對面的人的身上去。有時候風從橫裏來，他們也張風篷，一會兒篷在左邊，一會兒調到右邊，讓船在河面上盡畫曲線。於是船的兩邊輪流地一高一低，旅客就好比在那裏坐幼稚園裏的蹺蹺板。「這生活可難受。」有些人這樣暗自叫苦。然而「噹噹船」很少失事，風勢真個不對，那些船夫還有硬幹的辦法。有一回我到甪直去，風很大，飽滿的風篷幾乎蘸着水面，雖然天氣不好，因為船行非常快，旅客都覺得高興，後來進了吳淞江，那裏江面很闊，船沿着「上風頭」的一邊前進。忽然呼呼地吹來更猛烈的幾陣風，風篷着了濕重又離開水面。

旅客連「哎喲」都喊不出來，只把兩隻手緊緊地支撐着艙篷或者坐身的木板。撲通，撲通，三四個船夫跳到水裏去了。他們一齊扳住船的高起的一邊，待留在船上的船夫把風篷落下來，他們才水淋淋地爬上船艄，濕了的衣服也不脫，拿起櫓來就拼命地划。

說到航船，凡是搖船的跟坐船的差不多都有一種哲學，就是「反正總是一個到」主義。反正總是一個到，要緊做甚麼？到了也沒有燒到眉毛上來的事，慢點也無啥。所以，船夫大多銜着一根一尺多長的煙管，閉上眼睛，偶爾想到才吸一口，一管吸完了，慢吞吞捻了煙絲裝上去，再吸第二管。正同「噹噹船」相反，他們中間很少四十以下的人。煙吸暢了，才起來理一理篷索，泡一壺公眾的茶。可不要當做就要開船了，他們還得坐下來談閒天。直到專門給人家送信帶東西的「擔子」回了船，那才有點希望。好在坐船的客人也不要不緊，隔十多分鐘二三十分鐘來一個兩個，下了船重又上岸，買點心哩，吃一開茶哩，又是十分或一刻。有些人買了燒酒、豆腐、乾花生米來，預備一路獨酌。有些人並沒有買甚麼，可是帶了一張源源不絕的嘴，還沒有坐定就亂攀談，挑選相當的對手。在他們，遲些到實在不算一回事，就是不到又何妨。坐慣了輪船、火車的人去坐航船，先得做一番養性的功夫，不然，這種陰陽怪氣的旅行，至少會有三天的悶悶不樂。

航船比「噹噹船」大得多，船身開闊，艙作方形，木製，不像「噹噹船」那樣只用蘆蓆。艄篷也寬大，雨落太陽曬，船夫都得到遮掩。頭艙、中艙是旅客的區域，頭艙要盤

膝而坐。中艙橫擱着一條條長板，坐在板上，小腿可以垂直。但是中艙有的時候要裝貨，豆餅、菜油之類裝滿在長板下面，旅客也只得擱起了腿坐了。窗是一塊塊的板，要開就得卸去，不卸就得關上。通常兩旁各開一扇，所以坐在艙裏那種氣味未免有點難受。坐得無聊，如果回轉頭去看艄篷裏那幾個老頭子搖船，就會覺得自己的無聊才真是無聊。他們的一推一挽距離很小，彷彿全然不用力氣，兩隻眼睛茫然望着岸邊，這樣地過了不知多少年月，把踏腳的板都踏出腳印來了，可是他們似乎沒有甚麼無聊，每天還是走那老路，連一棵草、一塊石頭都熟識了的路。兩相比較，坐一趟船慢一點、悶一點又算得甚麼。坐航船要快，只有巴望順風。篷杆豎在頭艙與中艙之間，一根又粗又長的木頭。風篷極大，直拉到杆頂，有許多竹頭橫撐着，吃了風，巍然地推進，很有點氣派。風最大的日子，蘇州到用直三點半鐘就吹到了。但是旅客究竟是「反正總是一個到」主義者，雖然嘴裏嚷着「今天難得」，另一方面卻似乎嫌風太大、船太快了，跨上岸去，臉上不免帶點兒悵然的神色。遇到頂頭逆風航船就停班，不像「噹噹船」那樣無論如何總得用人力去拼。客人走到碼頭上，看見孤零零的一條船停在那裏，半個人影也沒有，知道是停班，就若無其事地回轉身。風總有停的日子，那麼航船總有開的日子。忙於寄信的我可不能這樣安靜，每逢校工把發出的信退回來，說今天航船不開，就得擔受整天的不舒服。

一九三四年十二月二十日發表

天 井 裏 的 種 植

◖ 導讀

　　本文作於 1935 年 2 月 1 日，刊於《中學生》第 52 號
（1936 年 2 月出版），署名聖陶，收入《未厭居習作》，又收入
《葉聖陶集》第 5 卷。

　　想在上海的弄堂房子裏栽種植物，非常困難：一是天井裏
完全鋪着水門汀，沒有給植物留下生長的空間，所以種植者不得
不對已有建築進行改造；二是戰亂，使得辛苦的種植完全付諸一
空。儘管如此，作者還是千方百計在天井裏種植一些花木。

　　有一些上海人也喜歡種植，但目的似乎僅在於「點綴」，表
示「我家也有一點花草」，此外，「自己的生活跟花草的生活卻並
沒有多大干係」。作者卻不同，他「樂於親近植物」，「趣味並不
完全在看花」。他賞花時，能夠不斷發現其新的色彩與姿態，發現
生命力所在，這正是作者在《牽牛花》中所表達的情愫。

　　植物在人的日常生活中扮演着重要角色，並不是可有可無的
點綴，而是親近大自然、感受生命力的重要途徑。通過作者的努
力，天井裏長滿了各種植物是一件多麼陶冶性情的事情呀。

　　搬到上海來十多年，一直住的弄堂房子。弄堂房子，內地人也許不明白是甚麼式樣。那是各所一律的：前牆通連，隔牆公用；若干所房子成為一排；前後兩排間的通路就叫做「弄堂」；若干條弄堂合起來總稱甚麼里，甚麼坊，表示那是某一個房主的房產。每一所房子開門進去是個小天井。天井，也許又有人不明白是甚麼，天井就是庭院。弄堂房子的庭院可真淺，只需三四步就跨過了，橫裏等於一所房子的闊，也不過五六步光景，如果從空中望下來，一定會覺得那個「井」字怪適當的。天井跨進去就是正間。正間背後橫生着扶梯，通到樓上的正間以及後面的亭子間。因為房子並不寬，橫生的扶梯夠不到樓上的正間，碰到牆，拐彎向前去，又是四五級，那才是樓板。到亭子間可不用跨這四五級，所以亭子間比樓正間低。亭子間的下層是灶間；上層是曬台，從樓正間另一旁的扶梯走上去。近年來常常在文人筆下出現的亭子間就是這麼侷促悶損的居室。然而弄堂房子的結構確乎值得佩服，俗語説：「麻雀雖小，五臟俱全。」弄堂房子就合着這樣經濟的條件。

　　住弄堂房子，非但栽不成深林叢樹，就是幾棵花草也沒法種，因為天井裏完全鋪着水門汀。你要看花草只有種在花盆裏。盆裏的泥往往是反覆地種過了幾種東西的，一些養料早被用完，又沒處去取肥美的泥土來加入，所以長出葉子來，開出花朵來大都瘦小可憐。有些人家嫌自己動手麻煩，又正有餘多的錢足以對付小小的奢侈的開支，就與花園約定，每個月送兩回或者三回盆景來。這樣，家裏就長年有及時的花草，過了時的自有花匠帶回去，真是毫不費事。然而

這等人家的趣味大都在於不缺少照例應有的點綴，自己的生活跟花草的生活卻並沒有多大干係；只要看花匠帶回去的，不是乾枯了的葉子，就是折斷了的枝幹，可見我這話沒有冤枉了他們。再有些人家從小菜場買一些折枝截莖的花草，拿回來就插在花瓶裏，不像日本人那樣講究甚麼「花道」，插成「亂柴把」或者「喜鵲窠」都不在乎，直到枯萎了，拔起來向垃圾桶一扔，就此完事。這除了「我家也有一點花草」以外，實在很少意味。

我們樂於親近植物，趣味並不完全在看花。一條枝條伸出來，一張葉子展開來，你如果耐着性兒看，隨時有新的色澤跟姿態勾引你的歡喜。到了秋天冬天，吹來幾陣西風北風，樹葉毫不留戀地掉將下來，這似乎最乏味了。然而你留心看時，就會發見枝條上舊時生着葉柄的處所，有很細小的一粒透露出來，那就是來春新枝條的萌芽。春天的到來是可以預計的，所以你對着沒有葉子的枝條也不至於感到寂寞，你有來春看新綠的希望。這固然不值一班珍賞家的一笑，在他們，樹一定要搜求佳種，花一定要能夠入譜，尋常的種類跟譜外的貨色就不屑一看。但是，果真能從花草方面得到真實的享受，做一個非珍賞家的「外行」又有甚麼關係。然而買一點折枝截莖的花草來插在花瓶裏，那是無法得到這種享受的；叫花匠每個月送幾回盆景來也不行，因為時間太短促，你不能讀遍一種植物的生活史；自己動手弄盆栽當然比較好，可是植物入了盆猶如鳥進了籠，無論如何總顯得拘束、滯鈍，跟原來不一樣。推究到底，只有把植物種在泥地裏最好。可是哪來泥地呢？弄堂房子的天井裏有的是堅硬的水門汀！

　　把水門汀去掉！我時時這樣想，並且告訴別人。關切我的人就提出了駁議。有兩説：又不是自己的房產，給點綴花木犯不着，這是一説；誰知道這所房子住多少日子，何必種了花木讓別人看，這是又一説。前者着眼在經濟，後者只怕徒勞而得不到報酬。這種見識雖然不能叫我信服，可是究屬好意。我對他們都致了謝，然而也並沒有立刻動手。直到三年前的冬季，才真個把天井裏的水門汀的兩邊鑿去，只留當中一道，作為通路。水門汀下面滿是磚礫，煩一個工人用了獨輪車替我運出去。他就從不很近的田野裏載回來泥土，倒在鑿開的地方。來回四五趟，泥土與留着的水門汀平了。於是我買一些植物來種下，計薔薇兩棵，紫藤兩棵，紅梅一棵，芍藥根一個。薔薇跟紫藤都落了葉，但是生着葉柄的處所，萌芽的小粒已經透出來了；紅梅滿綴着花蕾，有幾個已經展開了一兩瓣；芍藥根生着嫩紅的新芽，像一個個筆尖，尤其可愛。我希望它們發育得壯健些，特地從江灣買來一片豆餅，融化了，分配在各棵的根旁邊；又聽説芍藥更需要肥料，先在安根處所的下邊埋了一條豬的大腸。

　　不到兩個月，「一・二八」戰役起來了。停戰以後，我回去撿殘餘的東西。天井完全給碎磚斷板掩沒了。只紅梅的幾條枝條伸出來，還留着幾個乾枯的花蕚；新葉全不見，大概是沒命了。當時心裏充滿着種種的忿恨，一瞥過後，就不再想到花呀草呀的事。後來回想起來，才覺得這回的種植真是多此一舉。既沒有點綴人家的房產，也沒有讓別人看到甚麼，除了那棵紅梅總算看見它半開以外，一點效果都沒有得到，這才是確切的「犯不着」。然而當初提出駁議的人並不曾想到這一層。

去年秋季，我又搬家了。經朋友指點，來看這所房子，才進里門，我就中了意，因為每所房子的天井都留着泥地，再不用你費事，只一條過路塗的水門汀。搬了進來之後，我就打算種點東西。一個賣花的由朋友介紹過來了。我說要一棵垂柳，大約齊樓上的欄杆那麼高。他說有，下禮拜早上送來。到了那禮拜天，一家人似乎有一位客人將要到來，都起得很早。但是，報紙送來了，到小菜場去買菜的回來了，垂柳卻沒有消息。那賣花的「放生」了吧，不免感到失望。忽然，「樹來了！樹來了！」在弄堂裏賽跑的孩子叫將起來。三個人扛着一棵綠葉蓬蓬的樹，到門首停下；不待豎直，就認知這是柳樹而並不是垂柳。為甚麼不送一棵垂柳來呢？種活來得難哩，價錢貴得多哩，他們說出好些理由。不垂又有甚麼關係，具有生意跟韻致是一樣的。就叫他們給我種在門側，正是齊樓上的欄杆那麼高。問多少價錢，兩塊四，我照給了。人家都說太貴，若在鄉下，這樣一棵柳樹值不到兩毛錢。我可不這麼想。三個人的勞力，從江灣跑了十多里路來到我這裏，並且帶來一棵綠葉蓬蓬的柳樹，還不值這點錢嗎？就是普通的商品，譬如四毛錢買一雙襪子，一塊錢買三罐香煙，如果撇開了資本吸收利潤這一點來說，付出的代價跟取得的享受總有些抵不過似的。因為每樣物品都是最可貴的勞力的化身，而付出的代價怎樣來的未必每個人沒有問題。

　　柳樹離開了土地一些時，種下去過了三四天，葉子轉黃，都軟軟地倒垂了，但枝條還是綠的。半個月後就是小春天氣，接連十幾天的暖和，枝條上透出許多嫩芽來，這尤其

叫人放心。現在吹過了幾陣西風，節令已交小寒，這些嫩芽枯萎了。然而清明時節必將有一樹新綠是無疑的。到了夏天，繁密的柳葉正好代替涼棚，遮護這小小的天井：那又合於家庭經濟原理了。

柳樹以外我又在天井裏種了一棵夾竹桃，一棵綠梅，一條紫藤，一叢薔薇，一個芍藥根，以及叫不出名字來的兩棵灌木。又有一棵小刺柏，是從前住在這裏的人家留下來的。天井小，而我偏貪多，這幾種東西長大起來，必然彼此都不舒服。我說笑話，我安排下一個「物競」的場所，任它們去爭取「天擇」吧。那棵綠梅花蕾很多，明後天有兩三朵開了。

一九三五年二月一日發表

談成都的樹木

導讀

　　本文作於 1945 年 3 月 5 日，刊於《成都市》雜誌創刊號，
先後收入《我與四川》和《葉聖陶散文乙集》，又收入《葉聖陶
集》第 6 卷。

　　抗日戰爭中後期，葉聖陶在成都生活過一段時間，對成都
比較了解。成都自古以來，就是宜居城市。市區內種植着山茶、
玉蘭、碧桃、海棠等，從城市綠化上來看，當然是非常好的。但
作者對此也有幾點不滿：一是種得太密，「幾乎是房子藏在樹叢
裏」，「很有些人家的院子裏接葉交柯，不留一點空隙」；二是不
善修剪，比如修剪泡桐樹時，「往往只顧保全屋面，不顧到損傷樹
的姿態」；修剪柳樹時，「把去年所有的枝條全都鋸掉，只剩下一
個光光的拳頭」；三是市民不愛護花木，比如少城公園裏的樹木，
「除了高不可攀的楠木林，都受到隨意隨手的摧殘」。這些，都是
作者從藝術的眼光觀察所發現的不足。所以，作者認為，在城市
綠化上，除了花錢，更重要的是得有「某種精神」，提高綠化者和
市民的文化素質及審美水平。

　　這些觀點，對於今天的城市綠化，仍然具有啟示意義。這也
說明，作者談成都的樹木，背後關懷着一個更大的問題，即人類
和自然的關係。

　　前年春間，曾經在新西門附近登城，向東眺望。少城一帶的樹木真繁茂，説得過分些，幾乎是房子藏在樹叢裏，不是樹木栽在各家的院子裏。山茶，玉蘭，碧桃，海棠，各種的花顯出各種的光彩，成片成片深綠和淺綠的樹葉子組合成錦繡。少陵[1]詩道：「東望少城花滿煙，百花高樓更可憐」，少陵當時所見與現在差不多吧，我想。

　　登高眺望，固然是大觀，站在院子裏看，卻往往覺得樹木太繁密了，很有些人家的院子裏接葉交柯，不留一點空隙，叫人想起嚴譯《天演論》[2]開頭一篇裏所説的「是離離者[3]亦各盡天能，以自存種族而已，數畝之內，戰爭熾然，強者後亡，弱者先絕」，簡直不像佈置甚麼庭園。為花木的發榮滋長打算，似乎可以栽得疏散些。如就觀賞的觀點看，這樣的繁密也大煞風景，應該改從疏散。大概種樹、栽花離不開繪畫的觀點。繪畫不貴乎全幅填滿了花花葉葉，畫面花木的姿態的美，加上留出的空隙的形象的美，才成一幅純美的作品。滿院子密密滿滿盡是花木，每一株的姿致都給它的朋友攪混了，顯不出來，雖然滿樹的花光彩可愛，或者還有香氣，可是就形象而言，那就毫無足觀了。栽得疏散些，讓

---

[1]　少陵，即唐代詩人杜甫（712—770），世稱杜少陵。「東望」這兩句詩出自其《江畔獨步尋花》。

[2]　指清末嚴復（1854—1921）翻譯的赫胥黎的《天演論》，文中引用的這幾句話即闡釋了「物競天擇，適者生存」的理論。

[3]　離離者，指小草，唐白居易《賦得古原草送別》有「離離原上草，一歲一枯榮」句。離離，茂盛而整齊的樣子。

粉牆或者迴廊作為背景，在晴朗的陽光中，在澄澈的月光中，在朦朧的朝曦暮靄中，觀賞那形和影的美，趣味必然更多。

根據繪畫的觀點看，庭園的花木不如野間的老樹。老樹經受了悠久的歲月，所受自然的剪裁往往為專門園藝家所不及，有的竟可以說全無敗筆。當春新綠蘢蔥，生意盎然，入秋枯葉半脫，意致蕭爽，觀玩之下，不但領略它的形象之美，更可以了悟若干人生境界。我在新西門外住過兩年，又常常住茶店子，從田野間來回，幾株中意的老樹已成熟朋友，看着吟味着，消解了我獨行的寂寞和疲勞。

說起剪裁，聯想到街上的那些泡桐樹。大概由於街兩旁的人行道太窄，樹幹太貼近房屋的緣故。修剪的時候往往只顧到保全屋面，不顧到損傷樹的姿致，以致所有泡桐樹大多很難看。還有金河街河兩岸以及其他地方的柳樹，修剪起來總是毫不容情，把去年所有的枝條全都鋸掉，只剩下一個光光的拳頭。我想，如果修剪的人稍稍有些畫家的眼光，把可以留下的枝條留下，該可以使市民多受若干分之一的美感陶冶吧。

少城公園的樹木不算不多，可是除了高不可攀的楠木林，都受到隨意隨手的摧殘。沿河的碧桃和芙蓉似乎一年不如一年了，民眾教育館一帶的梅樹，集成圖書館北面的十來株海棠，大多成了畸形，表示「任意攀折花木」依然是遊人的習慣。雖然遊人甚多，尤其是晴天，茶館家家客滿，可是看看那些「刑餘」的花樹以及亂生的灌木和草花，總感到進了個荒園似的。《牡丹亭·拾畫》出的曲文道：「早則是寒花

遶砌，荒草成窠。」讀着很有蕭瑟之感，而少城公園給人的印象正相同。整頓少城公園要花錢，在財政困難的此刻未必有這麼一筆閒錢。可是我想，除了花錢，還得有某種精神，如果沒有某種精神，即使花了錢恐怕還是整頓不好。

一九四五年三月五日作

樂山被炸

◖導讀

　　本文寫作於 1940 年 3 月 9 日，發表於《中學生》戰時半月刊第 20 期（1940 年 4 月 5 日），署名聖陶，後收入《葉聖陶散文甲集》、《葉聖陶集》第 6 卷。抗日戰爭爆發後，日軍很快掌握了制空權，四處狂轟濫炸，妄圖打垮中國人民的抗戰決心。

　　1939 年 8 月 19 日，日軍轟炸樂山，葉聖陶的家人在樂山，本人卻在成都。他在當天的日記中說非常掛念樂山家人的安危，說這是他抗戰以來最難過的一天，當晚勉強睡了一小時，第二早五點就趕赴樂山。雖家人都平安無事，但鬧市區全炸毀了，「死傷者殆在千數以外」，其狀慘不忍睹，甚至有「四個焦枯之屍體相抱於路中」。這次轟炸，給葉聖陶留下了深刻的印象。半年多後，他寫出了《樂山被炸》，當初的情景仍歷歷在目。

　　但是，日軍的轟炸並沒有達到摧毀樂山的目的。葉聖陶家新租了房子，「比以前多了好些陽光和清新空氣」。樂山人民「在曾經是鬧市區的瓦礫堆上，又築起了白木土牆的房屋，各種店鋪都開出來了。和被炸的別處地方以及淪為戰區的各地一樣，還是沒有一個人顯得頹唐，怨恨到抗戰的國策；這是說給日本軍人聽也不會相信的。」可見，炸得掉的是房屋街道，炸不掉的是中國人民反侵略的信念。

　　日本飛機轟炸樂山的那一天，我在成都。成都也發了警報，我和徐中舒[1]兄出了新西門，在田岸上走，為了讓一個老婆子，我的右腳踹到稻田裏去了，鞋襪都沾滿了泥漿。一會兒我們的飛機起飛了，兩架一起，三架一起，有的徑往東南飛去，有的在晴朗的空中打圈子，也數不清起飛了多少架，只覺得飛機聲把濃綠的大平原籠罩住了。田岸上的人一路走，時常抬起頭來瞇着眼望天空，待望見了一個銀灰色的顆粒，感慰的興奮的神色就浮上了臉，彷彿説，我們準備好了，你們來吧！

　　我們在一條溪溝旁邊的竹林裏坐了一點鐘光景，又在中舒兄的朋友的草屋裏歇了將近兩點鐘，並且吃了午飯，警報解除了，日本飛機沒有來。哪知道就在這一段時間裏，我們寄居的樂山城毀了大半，有兩千以上的人喪失了生命。我的寓所也毀了，從書籍衣服到筷子碗盞，都燒成了灰。我的一家人慌忙逃難，從已經燒着了的屋子裏，從靜寂得不見一個人，只見倒地的死屍的小巷子裏，從日本飛機的機槍掃射之下，趕到了岷江邊，渡過了江，沿着岸灘向北跑，一直跑了六七里路，又渡過江來到昌羣[2]兄家裏，這才坐定下來喘一口氣。

　　我和徐中舒兄回進城裏，聽到傳說很多，瀘州被炸了，自流井被炸了，提到的地方總有八九處。到了四點半的時

---

① 　徐中舒（1898—1991），中國現代著名歷史學家、古文字學家。

② 　昌羣，即賀昌羣（1903—1973），四川樂山人，著名歷史學家、文化大家。

候，知道被炸的是樂山。消息從防空機關裏傳出來，而且派去察看的飛機已經回來了，全城毀了四分之三，火還沒有撲滅呢。那是千真萬確的了，多數人以為該不至於被炸的樂山竟然被炸了。

　　為甚麼要轟炸樂山呢？樂山有唐朝時候雕鑿的大佛，有相傳是蠻子所居實在是漢朝人的墓穴的許多蠻洞，有凌雲、烏尤兩個古寺，有武漢大學，有將近十萬居民，這些難道是轟炸的目標嗎？打仗本來沒有甚麼公定的規則，所謂不轟炸不設防城市，乃是從戰鬥的道德觀念演繹出來的。光明的勇敢的戰鬥員都有這種道德觀念。彼此準備停當了，你一拳來，我一腳去，實力比較來得的一方打倒了對方，那才是光榮的勝利。如果乘對方的不防備，突然衝過去對準要害就來個冷拳，那麼即使把對方打得半死，得到的也只是恥辱而不是勝利，因為這個人違背了戰鬥的道德。多數住在樂山的人以為樂山該不至於被炸，一半就由於料想日本軍人也有這種道德觀念。他們似乎忘卻了幾乎每天的報紙都記載着的事例，要是不忘記那些事例，日本軍人並沒有這種道德觀念是顯然的。他們存着極端不真切的料想，又把自己的身家性命作為賭注，果然，他們輸了。我是他們中間的一個，我也輸了。

　　那一夜差不多沒有闔眼。想我的寓所在岷江和大渡河合流的尖嘴上，那是日本飛機最先飛過的地方，絕不會不被炸；想我家每次聽見了警報總是守在寓裏，不過江，也不往山野裏跑，這回一定也是這樣，那就不堪設想了；想日本飛機每次來轟炸，就有多少人死了父母，傷了妻子，人家的

人都可以犧牲，我家的人哪有特別不應該犧牲的理由？但是，只要家裏有一個人斷了一條臂或者折了一條腿，那就是全家人永久的痛苦。如果情形比斷一條臂、折一條腿還要嚴重呢？如果不只是一個人而是幾個人呢？如果老小六口都燒成了焦炭呢？我要排除那些可怕的想頭，故意聽窗外的秋蟲聲，分辨音調和音色的不同，可是沒有用，分辨不到一分鐘，蟲聲模糊了，那些可怕的想頭又鑽進心裏來了。

第二天上午八點鐘，一輛小汽車載着五個歸心如箭的人開行了。沿路的景物，沒有心緒看；公路上的石子彈起來，打着車底的鋼板噹噹發響，也不再嫌它討厭了；大家數着路旁的里程標，「走了幾公里了，剩下幾公里了」，這樣屢次地說着。那些里程標好像搬動過了，往常的一公里似乎沒有那麼長。

總算把一百六十多個里程標數完了。從亂哄哄的人叢中，汽車開進了嘉樂門，心頭深切地體驗到「近鄉情更怯，不敢問來人」③的況味。忽然有人叫我，向我招手。定神看時，見是吳安真女士，「怎麼樣？」我慌張地問。

「你們一家人都好的，在賀昌羣先生家裏了。」聽了這個話，我又深切地體驗到「疑是夢裏」並不是誇飾的修辭。

跑到昌羣兄家裏，見着老母以下六口，沒有一個人流了一滴血，擦破了一處皮膚，那是我們的萬幸。他們告訴我寓

---

③　出自初唐詩人宋之問（約 656—約 712）的《渡漢江》，另一說此詩作者為李頻（818—876）。意思是越接近家鄉，心裏就更害怕，惟恐遇見認識的人，怕自己的種種擔心與憂慮會成為現實。

中一切都燒了，那是早在意料之中的事，我並不感到激動。他們告訴我逃難時候那種慌急狼狽的情形，我很懊悔到了成都去，沒有同他們共嘗這一份惶恐和辛苦。他們告訴我從火場中檢出來的死屍將近上千了，那些人和我們一樣，犧牲的機會在冥冥之中等候着，他們不幸竟碰上了。那比較聽到一個朋友或是親戚尋常病死的消息，我覺得難受得多。最後，他們告訴我在日本飛機還沒飛走的時候，武大和技專的同學出動了，拆卸正在燃燒的房子，扛抬受了傷的人和斷了氣的屍體，真有奮不顧身的氣概。聽到這個話，我激動得流了淚。在成都聽人說起那一回成都被炸，中央軍校的全體同學立刻出動，努力救火救人，我也激動得流了淚。那是教育奏效的憑證，那是青年有為的憑證，把這種捨己為羣的精神推廣開來，甚麼事情做不成呢。

被炸以後的兩個月中間，我家都忙着置備一切器物。新的寓所租定了，在城外一座小山下，就搬了進去。粗陶碗、毛竹筷子，一樣可以吃飯；土布衣衫穿在身上，也沒有甚麼不舒服；三間面對田野的矮屋，比以前多了好些陽光和清新空氣。轟炸改變了我的甚麼呢？到現在事隔半年了，在曾經是鬧市區的瓦礫堆上，又築起了白木土牆的房屋，各種店鋪都開出來了。和被炸的別處地方以及淪為戰區的各地一樣，還是沒有一個人顯得頹唐，怨恨到抗戰的國策；這是說給日本軍人聽也不會相信的。

一九四〇年四月五日發表

胡愈之先生的長處

導讀

　　本文作於 1945 年 5 月 23 日，發表於《中學生》復刊後第 89 期（1945 年 7 月 1 日出版），後收入《葉聖陶集》第 6 卷。

　　胡愈之（1896—1986），浙江上虞人。早年創辦世界語學會，抗日戰爭爆發後，在南洋一帶從事抗日宣傳。新中國成立後擔任新聞出版總署署長，與擔任副署長的葉聖陶，同為新中國成立初期出版界的調整與發展做出了巨大貢獻。

　　胡愈之志向遠大，組織能力強，為人誠實，在朋友中留下了良好的口碑。抗日戰爭勝利前夕，謠傳胡愈之在海外去世，葉聖陶在其主編的《中學生》雜誌上設置《紀念胡愈之先生》專欄，組織一幫老朋友撰文悼念。葉聖陶《胡愈之先生的長處》一文打頭，接下來分別為茅盾《悼念胡愈之兄》，傅彬然《記胡愈之先生》，雲彬《懷愈之先生》，柏雲《愈之先生二三事》，胡子嬰《憶胡愈之先生》等。

　　這些文章或回憶跟胡愈之的交往，或記敍胡愈之的一個側面，各有精彩之處。本文則帶有總論性質，提煉出胡愈之的四點長處：自學精神、組織能力、博愛思想、友愛情誼。值得注意的是，這四段每段都用「我只想說胡先生的……」句式開頭，意思是說胡先生的長處很多，作者僅挑印象最深，或者最值得報告給讀者的幾點來寫。作者用這四點，鮮活立體地勾畫出了一個感人至深的胡愈之先生的形象。

胡愈之先生是我們《中學生》雜誌的老朋友，從《中學生》雜誌創刊到復刊，他一直給我們許多幫助，不但為我們寫文字，還幫我們出主意、定規劃。如今的新讀者也許不很知道胡先生其人，可是從五年之前起往上溯，那時候的讀者一定知道他。假如那時候的讀者在《中學生》雜誌以外還看旁的雜誌，接觸他的文字更多，那就不但知道他，並將永遠地記住他了。

　　今年得到消息，說胡先生在南洋某地病故了。朋友們聽了，都感到異樣的悵惘，與他做朋友很少會是泛泛之交的。消息極簡略，可是據說十之八九可靠。我們真個失掉了這位老朋友嗎？於是大家作些文字來紀念他，匯刊在這兒，成個特輯。萬一的希冀是「海外東坡①」，死訊誤傳。如果我們有那麼個幸運，等到與他重行晤面，這個特輯就是所謂「一死一生，乃見交情」的憑證，也頗有意義。

　　我不想在這兒說我與胡先生的私交，因為這在一般讀者看來，沒有多大關係。我只想說胡先生的自學精神。他沒有在中學畢業，從職業中學習，從生活中學習，始終不懈，結果既博且通，為多數正途出身的人所不及。我們經常標榜自學，也許有人以為徒然說得好聽，難收真實效果。但是我們可以堅決地說絕對不然，胡先生就是個最可憑信的實例。

　　我只想說胡先生的組織能力。他創設了許多團體，計劃

----

① 海外東坡，指北宋大文學家蘇軾（1037—1101）曾被貶到偏遠的儋州（今海南島），很多人謠傳他已經死去。此處代指謠言、謠傳。

了許多雜誌與書刊，理想不嫌其高遠，而步驟務求其切實。他善於識別朋友的長處，加以運用與鼓勵，使朋友人人盡其所長，把團體組織得很好，把雜誌書刊辦得很好。這種能力，在現代社會中是極端需要的，卻又是一般人所極端缺乏的。章程議定，計劃通過，招牌掛起，下文就沒有了，是我們常見的事。但是我們深切地知道，要真個幹一些事，非有胡先生那樣的組織能力不可。

我只想說胡先生的博愛思想。我想這或許是從他學習世界語種下根的。世界語原來不僅是一種工具，其中還蘊蓄着人類愛的精神。後來他入世更深，知道普遍的人類愛還是未來的事，在當前，有所愛就不能不有所憎，愛的方面越真切，憎的方面也越深刻，深刻的憎正所以表現真切的愛，而表現的方式不限於用口用筆，尤其緊要的是用行為。在後半截的生涯中，他奔走各地，棲棲惶惶[2]，計劃這個，討論那個，究竟何所為呢？為名嗎？為利嗎？都不是。無非實做「有所為」三個字而已。為甚麼要「有所為」？本於他那種博愛思想，只覺得非「有所為」不可而已。

我只想說胡先生的友愛情誼。這與前一點是關聯的。朋友之可貴，不在聚集在一起吃點，喝點。一個人既要「有所為」，他知道無論甚麼事絕不是獨個兒辦得了的，必須與他人通力合作才成，那時候朋友就像自己的性命一樣，友愛情誼自然而然深摯起來。近來有幾位朋友與我談起，朋輩之

---

② 棲棲惶惶，形容整日忙碌奔波，身心不安。

中，胡先生最篤於友誼，他關顧朋友甚於關顧他自己。在感歎家說起來，這是「古道」，如今不可多得了。其實這也是「新道」，惟有不「古」不「新」的人物，才以為友誼是無足輕重的。

以上說了四點，自學精神、組織能力、博愛思想、友愛情誼，是胡先生的長處，我們一班朋友所公認的。關於這四點，都沒有敍及具體事實，因為幾位朋友的文字中都有敍及，不必重複了。

在紀念人物的文字中，有句老調，「我們要學某人的甚麼甚麼」。我不想學這句老調。我以為看了幾篇紀念文字就會「學」起某人來，沒有這麼簡單，「學」的因素很多，種種因素具備了才得完成個「學」字。不過，看了幾篇紀念文字，在思想行為上發生或多或少的影響，如茅盾先生說的，受了那人物的感召力，是可能的。現在我們紀念胡先生，一位可敬的朋友，寫了幾篇紀念文字，這幾篇文字如果能在讀者的思想行為上發生若干影響，那就不是浪費筆墨，我們對於胡先生的懷念也可以稍稍發抒了。

一九四五年七月一日發表

我的姪兒

◖ **導讀**

　　本文刊於《中學生》復刊後第 88 期（1945 年 6 月 1 日出版），署名寅生，收入《葉聖陶集》第 6 卷。

　　我國歷來就有描寫兒童的好作品。晉朝左思的《嬌女詩》中有：「明朝弄梳台，黛眉類掃跡。濃朱衍丹脣，黃吻瀾漫赤。嬌語若連瑣，忿速乃明集。握筆利彤管，篆刻未期益。執書愛綈素，誦習矜所獲。」寫小女兒學化妝、説話、寫字、看書的種種嬌態。辛棄疾《清平樂·村居》：「大兒鋤豆溪東，中兒正織雞籠，最喜小兒無賴，溪頭卧剝蓮蓬。」則寫村裏孩子或做事或玩耍的情態。這些作品因描繪逼真，文字自然，歷來都得到很高的評價。

　　本文放在歷代描寫兒童生活的優秀作品中也毫不遜色。姪兒才三歲多一點，説話、走路、看書、畫畫、看電影，都有他自己的特點。要是沒有跟兒童長期相處的經驗，這樣的文章很難寫出來。同時，要是不尊重小孩子，不認為他們具有獨立的人格、獨特的觀念，也難寫出一篇這樣優秀的作品。本文字裏行間，不僅僅處處表明對兒童的喜愛，更體現了作者對待兒童不居高臨下，不板着面孔教訓，而是真正友好、平等地相處。此外，要是不具備一些語言學、教育學的知識，也寫不出這樣玲瓏剔透、妙趣橫生的文字。所以，很多好的散文背後其實都有豐富的知識素養做根基。

我的姪兒，年紀三歲不足一個月，體量重，軀幹大，與軀幹比起來，腦袋尤其大。圓臉龐，不說誇張話，臉色真個像蘋果那麼紅。一對大眼珠靈活，有神。

　　他發育比較遲，與我哥哥一個樣。聽母親說，普通小孩子一歲過就能說話，十三四個月就能走路，他到十八個月才能扶着椅子移步，二十個月才能發個單音，算是開始說話。他走得遲，或許因為他的體量重，醫生解釋是少吃了鈣質；他說得遲，或許因為他懶得學習，或者不需要學習，要甚麼吃啊玩的，像啞巴那樣用手勢和面部表情示意，就能滿足他的要求了。

　　到現在，他的話還很簡單，限於一個名詞和一個動詞，或者一個形容詞，名詞在前，動詞或者形容詞在後。如說「橘，剝」，「門，開」，「房房，去」，「花，好」，「燈，亮」。

　　不知怎麼的，他把肉叫做「傍傍」，並沒有人教他，人家說肉，他硬是說「傍傍」。又不知怎麼的，他知道碗裏切成塊、切成絲的肉，就是掛在鋪子裏的半爿豬上割下來的，他看見鋪子裏的半爿豬就指着說「傍傍」，甚至看見活豬也指着說「傍傍」。有時候看見牛也說「傍傍」，大概是吃了牛肉的緣故，看見馬他只說「馬」，絕不說「傍傍」。

　　他識得茶，卻把各種飯菜的湯也叫做茶。吃飯時候，他要泡些湯，就指着某一碗菜說：「茶，茶。」我們喝酒，問他是甚麼，他只說「酒」，絕不說「茶」。

　　「冷」字的發音似乎不很難，可是他自己創造的說法，叫做「火沒有」。他從火得到了熱的感覺，又知道冷是熱

的反面，「火沒有」就表示了冷：這大有「基本英語」的意味了。

我們說的話他大多能懂，有時候也學他的說法朝他說。陰曆新年裏買了個氣球，玩了一會兒破了，對他敍述道：「氣球，好，高高，啪，壞壞。」他笑了。

我們教他叫他的父親「爹爹」，他又聽我們叫父親「爹爹」，於是父親與祖父都叫「爹爹」。我們教他叫我們的母親「阿婆」，他又聽我們叫祖母「阿婆」，於是祖母與曾祖母都叫「阿婆」。我們糾正他，一個叫「爹爹」，一個叫「阿爹」，一個叫「阿婆」，一個叫「太太」，他照叫了，但是過了些時，他又用他的一律稱呼了。為甚麼我們叫「爹爹」、「阿婆」的，他不能叫「爹爹」、「阿婆」，這時候他還攪不清楚。

他看些圖畫本子，見有鬍子的就是阿爹（那時候他不弄錯了），見壯年男子就是爹爹，見老婦人就是阿婆，見壯年女子就是媽，見打扮入時的女郎就是孃孃（姑母），見男孩子就是哥哥，見女孩子就是妹妹。

他自稱為哥哥，同居人家的孩子比他小幾個月，他叫他弟弟，他認得清淡黃毛的雞是我們的，叫做「哥哥雞」，深黃毛的雞是同居人家的，叫做「弟弟雞」。凡是我們說話用「我」的地方，他一律用「哥哥」。稱他說話的對手一律用稱謂，如說「媽，坐」，「阿婆，飯飯」之類，他還沒有運用代名詞的觀念。

書上畫着草地、花木、遊人，他說是公園。畫着汽車，他說「嗚嗚」。畫着各種的花，他說是花，沒有花的枝葉也

是花。畫着豬或牛，他説「傍傍」。臨睡之前，早上醒來，他一定要把幾本書翻過一回，嘴裏咿咿呀呀唱些不成腔的調子。躺着看書據説是不好的習慣，以後總得把他改過來。

他喜歡央人為他畫些甚麼，他有個專門説法，叫做「鴨雞，畫」。大概因為頭一次畫了鴨與雞給他看之故。只要看開頭幾筆，一張尖嘴，他就認出是雞；一張扁嘴，一個彎彎的項頸，他就認出是鴨。畫個長臉，他説「馬」，畫個扁臉，他説「啊嗚」（貓），不等你添上身體和四條腿。兩條曲線湊在一起，一邊現出魚尾的形狀，他就連聲説「魚，魚」。方才畫一朵花或是一條枝條，他就連聲説「瓶，瓶」，意思是還得加上個瓶。無論圓瓶、方瓶、長頸瓶、短頸瓶他都滿意，足見他已經有了個瓶的概念。有時他要自己動手，説，「哥哥，鴨雞，畫」，把筆搶在手裏，塗滿了一紙的黑槓子，就拿去給媽或是阿婆看了。

他已經能識數。要他數書上的人或物，數桌子上的茶杯，數停在路上的汽車，三數以內往往不錯。他還不能説「一，二，三」，只能用手指頭來比，看看所數的對象，又看看他自己伸直的手指頭，兩相符合了，就揚一揚手，表示這就是數目。

他的反應很敏捷，心思很精細，有一回電燈忽然熄了，點起蠟燭來，可是沒有甚麼插的，他卻從桌子肚裏檢出個玻璃瓶來，正好插蠟燭。他見過一回祀先，供上祭菜，點起香燭，就取拜墊來大家跪拜，以後每回祀先，取拜墊成為他的職務，絕不忘了。又有一回，他的母親忽然肚子痛，痛得很厲害，大家忙着找一瓶麻醉劑，希望暫時止一止她的痛。大

家也沒有説藥啊甚麼的，他卻從形色上看出來了，就在抽屜裏檢了一包咳嗽藥送來。

他認得清各種的店鋪。書店裏陳列着書，皮鞋店裏陳列着皮鞋，見甚麼説甚麼，當然很平常。可是茶葉店裏的茶葉都藏在缸子裏，他也説得出「茶」，不知怎麼搞的。還有理髮店的陳設各各不同，有講究的，有簡陋的，他進去過的只是中等的店鋪，大概他已經抓住了一些要點，無論指哪一等的理髮店問他，他總舉手在頭頂上作勢，摹仿理髮的形狀。還有西藥鋪和中藥鋪，問他都説「藥」，兩種鋪子的陳設截然不同，我們又從來沒買過中藥，教自然有人教過他的，但是他不會把中藥鋪與陳設相似的紙鋪纏錯，這卻奇了。

他看電影是最近幾個月內的事，以前常想讓他去嘗試嘗試，看他的反應如何，只因電影院裏空氣不好，又恐他沒有耐性，説起了又延擱了。一天，他父親帶他去了，起初看見幕布上映得很大的人形，有些害怕，看了些時，也就沒有甚麼。頭一回居然終局，一點二三十分的時間，注意力沒有完全渙散，後來看了卡通片《白雪公主》，回來就學七個矮仙的走路模樣，反剪了手，身子左一歪右一歪的，看了幾回，他上癮了，吃過午飯，就嚷：「票票，電影。」意思是説帶了鈔票看電影去。母親朝我們説：「你們五六歲的時候鬧着看電影，現在他勝過你們了，三歲還不到，就是『電影，電影』的。」她的話裏含着不很贊成的意思。

最近二十幾位作家舉行《現代美術展覽》，母親、嫂嫂帶了他去，回來時他把畫面上的東西，凡是説得來的一一説出，很有興味似的。美術展覽的會所是美術協會，他認得

那個門面了，現在每走過一趟，看見門開着，就要拉住他母親進去看看。前天看的是甚麼人的書展，不知他看了那些楹聯屏條，行書正楷，小頭腦裏想些甚麼。

他喜歡做事，派他做甚麼，常是高高興興的。每天三四回送報紙來，他搶着去接「報，報」，接着總是送到他祖父手裏。他母親洗衣服，他去取肥皂缸。他父親脫皮鞋，他去取布面鞋。曬在陽光中的小東西他搶着收，還能辨別晾着的衣服乾不乾，甚麼地方的東西歸在甚麼地方。他似乎有一種性格，刻板，照舊樣。一張廣漆方凳是他進餐時的座位，他認定那方凳坐，不肯隨便。

他已經有了一種習慣，買了甚麼吃的東西來，大家均分，他拿一份，不再想侵佔人家的。有時派他去送，媽一份，阿婆一份，⋯⋯他，嗒嗒嗒跑去送了，回來拿自家的一份。他與同居人家那孩子玩，起了爭端的時候，那孩子就打他，用手指甲抓他，他卻沒有照樣回敬過，他還沒有這一種反應。前一種習慣當然是好的，後一種，從一方面說，也不能算壞。希望他永遠保持，並且普及到種種行為方面。

他不能看人家表示憎厭的嘴臉。誰對他擺起那副嘴臉，他就轉頭不顧，彷彿沒看見似的，當然，小嘴堆起來了。如果拗了他的意思，他就放聲大哭，聲音很洪亮。禁止他不要哭是無效的，有效的辦法只有轉移他的注意。突然間講飛機怎麼樣，汽車怎麼樣，他噙着眼淚聽，哭就止住了。脾氣發得厲害，也有把手頭的東西摔得一地的時候。好在我們難得拗他，故而他也難得哭，除了身子不好，氣管炎發作的日子（他極容易發氣管炎），他總是笑嘻嘻的。

　　我覺得他的資質很不壞，如果我們有耐性撫導①他，又有了解兒童心理的素養，隨時隨地因勢利導，使他往好的方面發展，前途一定未可限量。現在把他的瑣屑記在這兒，待過了一年半載，再取出來比較，看他的進步如何。

　　　　　　　　　　　一九四五年六月一日發表

---

① 撫導，安撫化育。

木刻

導讀

　　本文刊於《開明少年》第 3 期（1945 年 9 月 16 日出版），署名黃幼琴，後收入《葉聖陶散文乙集》，又收入《葉聖陶集》第 6 卷。

　　木刻屬版畫的一種，是門古老的藝術。20 世紀 30 年代，魯迅先生大力提倡現代木刻，木刻藝術逐漸引起人們的重視。越來越多的青年藝術家喜愛木刻，並創作了大量優秀作品。本文提到的古元，就是木刻藝術家中傑出的一位。

　　《開明少年》創刊於 1945 年，面向少年兒童，融教育、知識、時事、圖畫為一體，辦得生動活潑、豐富多彩，極受當時少年兒童的歡迎。而《開明少年》的主編正是葉聖陶。為了讓《開明少年》的讀者能夠了解木刻藝術，葉聖陶進行了簡要而周到的介紹。作者先介紹木刻的藝術門類、木刻的材料、所用的刻刀。接着介紹古代木刻跟現代木刻的區別、木刻的製作過程，最後以古元的《運草》為例，介紹現代木刻的相關內容。文章層次分明，融知識性與趣味性於一爐，可讀性強。

　　一篇文章面對的讀者對象不同，其側重點和行文風格就會不同。葉聖陶另有一篇《抗戰八年木刻選集序》，也是介紹木刻的，但跟本文的寫法就很不一樣，讀者可以參看。

　　版畫是圖畫中的一個部門，由於所用材料不同，又可分成銅版畫、石版畫、玻璃版畫和木版畫四種。木刻屬於木版畫，也稱作版畫或刻畫，普通就稱作木刻。

　　木刻的材料當然是木材。木材以梨、棗、白楊最為合適。這幾種木材的質地都比較細密。我們中國古時候的木刻，大多也用梨、棗為材料。所謂「災梨禍棗」，就是說梨木、棗木可以作為刻書的材料。倘若刻的是一部壞書，那麼這兩種木材未免白白地遭殃了。

　　木刻最主要的工具當然是刻刀。刻刀大致分成兩種形式，一種是偏刀，一種是角刀。偏刀用來刻凸起的線條，把大片的木質鏟去，剩下凸起的線條。角刀是三角形的，為了使用的方便，又有大小寬狹各種形式，都用來刻凹陷的線條。

　　我國木刻曾因佛像的印刷，有一個時期很為發達。後來佛教勢力衰落了，木刻也跟着消沉下去。至於現代的木刻，與我國古時候的木刻並不完全相同。古時候的木刻是「白紙黑圖」，畫面本身像張白紙，刻出來的東西像畫在紙上的素描，通常只繪出輪廓，而不用陰影來烘托。要是拿已經刻好的木板來看，畫的東西是凸出來的，好比「陽文」的印章。現代的木刻恰恰相反，是「黑紙白圖」，刻出一些線條表現明亮的部分，留下的表現陰暗的部分，使人看了有立體的感覺。這進步其實和繪畫一樣。要是拿已經刻好的木板來看，就像「陰文」的印章。

　　當然，現代的木刻也不是絕對不用古時候的方法，常常在一幅畫上，兩種方法同時參用。不過比較起來，現代木刻

採用「黑紙白圖」的方法的來得多些。

有了木板和刀，就可以動手刻了。木板有時候該用橫斷面的，有時候該用縱剖面的。大凡刻精細的畫，就得用橫斷面的，因為橫斷面的木紋比較細。普通木刻就用縱剖面的。前者稱為木口木刻，後者稱為木面木刻。

木板先要磨光，塗上一層墨，又用鉛筆在上面把畫稿打好，然後動刀。別的國家的木刻家也有先把畫稿打在透明的紙上，又用藍色曬圖法印在木板上，然後動刀的。我國現在的木刻家大多把畫稿直接打在木板上。

把圖畫直接畫在紙上，也就算了，為甚麼還要經過刻木的手續？這不是浪費嗎？不，木刻非但不浪費，還具備着更經濟的條件。普通一張圖畫，常常為一個人獨佔，供少數人欣賞。木刻畫卻可以拓成許多許多張，供許多許多人欣賞。另一方面，木刻畫具有明快、樸素、有力的特色，在藝術上有它獨特的價值。

在蘇聯，木刻藝術特別發達。在我國，經魯迅先生的提倡，才開始有人重視木刻，從事木刻。十多年來，我國從事木刻工作者相當努力，到現在，我國的木刻已經走上了自己的道路，產生了特有的作風，這是一件值得高興的事。

這裏選載了一幅木刻，古元[1]先生的《運草》。

古元先生在魯迅先生提倡木刻的時候，就熱心從事木刻

名家散文必讀系列·葉聖陶

---

[1] 古元（1919—1996），中國現代版畫大師，被徐悲鴻譽為「中國藝術界一卓絕之天才」。其版畫作品《運草》是其 1940 年在延安魯迅藝術文學院學習時的重要作品。

工作了。經過十幾年的努力，創造了他自己的風格，有了很大的成就。古元先生作風上的特點，是參用古時木刻與現代木刻的刻法，就是在一幅畫面上，一部分的線條屬於「白紙黑圖」那一種，一部分的線條屬於「黑紙白圖」那一種。主題方面的特點，是專從平民生活取材，尤以描摹農民生活的為多。所以很多人都尊敬他，稱他為服務人民的藝術家。

《運草》是以現代木刻的刻法為主，表現農民生活的一張木刻。因為畫面上黑的部分比較多，所以能給我們一種情調濃重的感覺。在北方，大家愛好農民的生活，重視農民的工作，這也許是古元先生把這幅木刻的情調表現得很濃重的原因吧。

一九四五年九月十六日發表

我坐了木船

導讀

　　本文刊於《消息》半週刊第 1 期（1946 年 4 月 7 日出版），又刊於 1946 年 4 月 8 日香港《華商報・熱風》，後收入《葉聖陶散文甲集》，又收入《葉聖陶集》第 6 卷。

　　本文不是敍述作者坐木船的經過，也不是描寫木船的樣子，而是寫自己作為一名知識分子的「迂腐」。坐木船下三峽，是非常危險的，不僅灘多，沿途還有土匪出沒。但坐輪船、飛機，需要找各種關係去請託或者買黑票，甚至在請託找關係時要更名換姓。作者自認為是一介書生，「不比人家高貴」，又不願意去請託或買黑票，「幫同作弊，贊助越出常軌的事」，而寧願「堂堂正正憑我的身份」去坐木船東歸，作者記述請託關係求一張飛機、輪船票時，寫得詼諧幽默、意趣橫生，正體現了一位正直的知識分子的社會良心和責任感，而且是對不合理和庸俗、黑暗的社會現實的批判。

　　作者處處以「書生之見」自嘲，看似「迂腐」，實際是一種對節操的堅持，是非常可貴而值得欽佩的。

從重慶到漢口，我坐了木船。

木船危險，當然知道。一路上數不盡的灘，礁石隨處都是。要出事，隨時可以出。還有盜匪——實在是最可憐的同胞，他們種地沒得吃，有力氣沒處出賣，當了兵經常餓肚子，沒奈何只好出此下策。假如遇見了，把鋪蓋或者身上衣服帶了去，也是異常難處的事。

但是，回轉來想，從前沒有輪船，沒有飛機，歷來走川江的人都坐木船。就是如今，上上下下的還有許多人在那裏坐木船，如果統計起來，人數該比坐輪船、坐飛機的多得多。人家可以坐，我就不能坐嗎？我又不比人家高貴。至於危險，不考慮也罷。輪船飛機就不危險嗎？安步當車似乎最穩妥了，可是人家屋簷邊也可能掉下一片瓦來。要絕對避免危險就莫要做人。

要坐輪船、坐飛機，自然也有辦法。只要往各方去請託，找關係，或者乾脆買張黑票。先說黑票，且不談付出超過定額的錢，力有不及，心有不甘，單單一個「黑」字，就叫你不願領教。「黑」字表示作弊，表示越出常軌，你買黑票，無異幫同作弊，贊助越出常軌。一個人既不能獨個兒轉移風氣，也該在消極方面有所自守，幫同作弊，贊助越出常軌的事，總可以免了吧。——這自然是書生之見，不值通達的人一笑。

再說請託找關係，聽人家說他們的經驗，簡直與謀差使一樣的麻煩。在傳達室恭候，在會客室恭候，幸而見了那要見的人，他聽說你要設法買船票或飛機票，愛理不理地答覆你說：「困難呢……下個星期再來打聽吧……」於是你

覺着好像有一線希望，又好像毫無把握，只得挨到下個星期再去。跑了不知多少回，總算有眉目了，又得往這一處簽字，那一處蓋章，看種種的臉色，候種種的傳喚，為的是得一份充分的證據，可以去換一張票子。票子到手，身份可改變了，甚麼機關的部屬，甚麼長的祕書，甚麼人的本人或是父親，或者姓名仍舊，或者必須改名換姓，總之要與你自己暫時脫離關係。最有味的是冒充甚麼部的士兵，非但改名換姓，還得穿上灰布棉軍服，腰間束一條皮帶。我聽了這些，就死了請託找關係的念頭。即使餓得要死，也不定要去奉承顏色謀差使，為了一張票子去求教人家，不說我自己犯不着，人家也太費心了。重慶的路又那麼難走，公共汽車站排隊往往等上一個半個鐘頭，天天為了票子去奔跑實在吃不消。再說與自己暫時脫離關係，換上別人的身份，雖然人家不大愛惜名器[1]，我可不願濫用那些名器。我不是部屬，不是祕書，不是某人，不是某人的父親，我是我。我毫無成就，樣樣不長進，我可不願與任何人易地而處，無論長期或是暫時。為了跑一趟路，必須易地而處，在我總覺得像被剝奪了甚麼似的。至於穿灰布棉軍服更為難了，為了跑一趟路才穿上那套衣服，豈不褻瀆了那套衣服？褻瀆的人固然不少，我可總覺不忍。——這一套又是書生之見。

抱着書生之見，我決定坐木船。木船比不上輪船。更比不上飛機，千真萬確。可是絕對不用請託，絕對不用找關

名家散文必讀系列 · 葉聖陶

① 名器，名號與車船儀制，舊時用以區別尊卑貴賤的等級。

係，也無所謂黑票。你要船，找運輸行。或者自己到碼頭上去找。找着了，言明價錢，多少錢坐到漢口，每一塊錢花得明明白白。在這一點上，我覺得木船好極了，我可以不說一句討情的話，不看一副難看的嘴臉，堂堂正正憑我的身份東歸。這是大多數坐輪船、坐飛機的朋友辦不到的，我可有這種驕傲。

決定了之後，有兩位朋友特地來勸阻。一位從李家沱，一位從柏溪，不怕水程跋涉，為的是關愛我，瞧得起我。他們說了種種理由，設想了種種可能的障礙，結末說，還是再考慮一下的好。我真感激他們，當然不敢說不必再考慮，只好帶玩笑地說「吉人天相」，安慰他們的激動的心情。現在，他們接到我平安到達的消息了，他們也真的安慰了。

一九四六年三月二十八日作

現實與理想

導讀

　　本文刊於 1946 年 10 月 1 日出版的《中學生》10 月號（總第 180 期），署名朱滋，後收入《葉聖陶集》第 6 卷。

　　本文作於 1946 年 9 月 21 日，距離抗日戰爭勝利已有一年。抗戰勝利後，全民族沉浸在喜氣洋洋的氛圍之中，但很快這種樂觀的氛圍就被打破了。國民政府在接收淪陷區時，表現出了極大的無能和腐敗。同時，雖然國共雙方展開了和談，但內戰仍然一觸即發。作者一方面承受着這樣的現實，一方面並沒有失去對民族未來的美好期待。他鼓勵人們應該像愛因斯坦和華萊士一樣，「注重現實，同時不放棄理想」。最大多數人才是人類社會發展的舵手，假如最大多數人能夠「豈但不放棄，並且堅持理想」，那麼大家的希望就一定能夠實現。堅信最大多數人才是歷史發展的決定力量，這也是作者堅持理想、不斷呼籲的原因。

　　關於現實與理想的話題永不過時，這篇文章至今對我們仍有啟發。當現實與理想出現矛盾和衝突時，我們該如何做呢？是堅持理想還是屈從現實？每個人都應好好思索一下這個問題。

　　現在人往往説注重現實，要把當前的環境弄明白，要把實際的情勢搞清楚。這當然是不錯的。可是，並不是弄明白了當前的環境，搞清楚了實際的情勢，就到此為止，再沒有下文了。假如真的沒有下文了，注重現實其實也是多事，倒不如省心省思，任憑現實把咱們來擺佈。咱們要注重現實，為的是咱們有理想，那理想就是下文。理想與現實距離多少遠？現實若是助成理想的，怎樣促進它？現實若是阻礙理想的，怎樣排除它？為有這些問題，故而咱們必須注重現實。

　　沒有理想，注重現實，至多只能得到些世故罷了。咱們常聽人説：「如今世道，金錢第一，只要有錢，甚麼都辦得到。」又聽人説：「現在只講強權，不講公理，一天強權在手，愛怎麼幹就怎麼幹。」這些見解分明是從現實中摸索得來的，也不能説它不對，在目前社會中，金錢與強權的確佔有強大的勢力。可是，聽這些話的聲氣，不正是世故老人的調子嗎？而且，其中還含着羨慕與期望，言外的意思是：「甚麼時候我才有大量的金錢啊！」「甚麼時候我才有充分的強權啊！」存着這樣的羨慕與期望，自然只有順從現實趨勢的份兒了。

　　放眼看世界，不知道怎麼搞的，如今正有一批人那樣短視地注重現實，他們不但自己毫無理想，還要用理想主義的名稱嘲笑人家，而他們卻是操持國家大計的人。據説，第二次大戰與第一次大戰根本不一樣，第二次大戰是為了一種理想打的。這個話得到普遍的承認。可是，仗打完了的時候，竟把為它打仗的理想忘得一乾二淨。有些人説，這由於那批人的私慾作祟，話當然中肯。不過我們説起來，還由於那批人的愚蠢透頂。如果減輕他們的愚蠢，他們的私慾也就漸漸

消除了。他們的私慾消除淨盡，當初的理想也就漸漸實現了。那時候，只有增進他們的生活幸福，絕不會損傷他們的一根毫毛。原來當初的理想是一種極平凡而極切實的理想，無非要世界各國彼此和平相處，各國的人在物質上、精神上都能過好好的生活，如此而已。這樣的理想，絕非要虧損甚麼人去補益甚麼人，不過希望大家都好就是了。說它平凡，因為其中沒有新奇的意見，沒有浪漫的言辭。說它切實，因為它可以建立全世界的秩序，可以改進全人類的生活。只有愚蠢透頂的人，才會在為這個理想打了一場慘酷無比的大仗之後，卻把它忘得一乾二淨。

看了目前的情形，悲觀的人也許要說理想已經被拋棄、被虐殺了。我們可不這樣想。我們眼睛看見，耳朵聽見，有許多人在那裏注重現實，同時不放棄理想。他們所以要注重現實，就為的他們懷抱着理想。不過他們不是在甚麼會場中發表演說，對甚麼記者發表談話的人，所以他們的聲音傳播得不怎麼廣。可是也有傳播得很廣的，如大科學家愛因斯坦的一篇演說，最近美國商務部長華萊士①的一篇演說。

愛因斯坦說：我們要求把原子彈的祕密公開宣佈出來，同時要求全世界通力合作，把原子能的可怕的威力用在人類的福利上。這樣簡單的想法，守舊的人一定會舉出無數「現實」來反對。可是，人類的危機與人類的希望，難道還不夠現實嗎？面對着這樣的現實，還想依靠軍備作保障，不是陳

① 華萊士（1888—1965），美國政治家，曾任美國農業部長、美國副總統和美國商務部長。

腐可笑嗎？這危機是科學帶來的，但是真正的關鍵還在人類的智慧、人類的心。我們不能用機械改變旁人的心。我們只能以身作則，從改變自己的心做起。我們必須明白，我們絕不能計劃戰爭同時又計劃和平。──愛因斯坦這些話，徹頭徹尾地表現出理想主義的色彩，但那是多麼平凡而又多麼切實的理想主義啊！

華萊士的演說，大旨是討論和平與怎樣取得和平。他說：各地的人從沒有今天似的切望和平。假定近代戰爭需要我們付出四千億元的代價，那麼，我們樂意付出更大的代價以取得和平。但是，和平的代價是不能用金錢來計算的，要用人類的心和思想來計算。和平的代價該是大家放棄若干偏見、仇恨、恐懼和無知。以下華萊士談到目前國際間的具體問題，這裏不再引述，單就上面引述的發端辭來看，可知華萊士所懷抱的也是極平凡而又極切實的理想主義。

世界將往哪裏走？好像是個不容易解答的問題。但是，世界是人的世界，人，最大多數的人，是世界的舵手，只要看舵手的意向如何，世界的趨向也就可以知道一大半了。現在雖然有一批人短視地注重現實，忘了他們曾經懷抱過的理想，最大多數的人卻並不然。最大多數的人注重現實，同時不放棄理想，豈但不放棄，並且堅持理想。那理想不是無中生有，從空想來的，是從現實生活中體驗得來的，如果不把它實現，人類沒法好好生活下去。愛因斯坦說起人心，華萊士也說起人心，人心如此，世界的趨向就可以明白了。

一九四六年十月一日發表

夏丏尊先生

導讀

　　本文作於 1948 年 4 月 10 日，發表於同年 5 月 1 日出版的《創世紀》14、15 合期，後收入《葉聖陶集》第 6 卷。

　　夏丏尊與葉聖陶，是在語文教育史上經常一起出現的名字。1930 年，夏丏尊創辦《中學生》雜誌，不久後，葉聖陶加入該雜誌的編輯隊伍。在兩個人的努力下，《中學生》成為當時影響最大的學生雜誌。在這份雜誌上，他們合作發表了《文心》、《閱讀與寫作》等影響深遠的語文教育論作。另外，他們還是兒女親家，葉聖陶的長子娶了夏丏尊的女兒。1946 年 4 月，夏丏尊去世，葉聖陶一連寫下了《從此不再聽見他的聲音》、《答丏翁》、《讀丏翁的〈長閒〉》等文章紀念夏丏尊。

　　《夏丏尊先生》敍述了夏丏尊的人生經歷和在教育上的貢獻等。文中提到夏丏尊先生在浙江一師、春暉學校和立達學園的教育實踐，其一片赤子之心和嘔心瀝血的努力讓人感慨。夏丏尊本無意於政治，只把教育當作終身事業。但在臨終時，卻對政治發問了。他時刻關心着當時中國老百姓的命運，關心着中國政局的走向。對於國家民族，對於人民大眾強烈的責任感，是現代歷史上大多數知識分子的共同的特點。

　　夏丏尊先生去世兩週年了。編者屢次叮囑我寫些文字談及他，用來貢獻給《創世》的讀者。傳狀[1]人物不容易，傳狀知交尤其難。夏先生去世以後，我除了寫過幾句悼語以外沒有寫旁的文字，就是為此。現在卻不過編者的厚意，勉強寫一些，實在說不上傳狀，不過記下夏先生生平的一鱗一爪罷了。

　　夏先生名鑄，字勉旃。改勉旃為丏尊，為避免當選的麻煩。那時浙江省有許多人想舉他做省議員，他以為當那種省議員毫無意義，就在選民冊上把「勉旃」改為聲音相近的「丏尊」。這麼一來，寫選舉票的都把「丏」字寫成「丐」字，投他的票就全成為廢票了。知道了他名字的來歷，就可以明了他的為人。他始終無意於政治，生平沒加入過政團或政黨，只把教育認作他的終身事業。

　　他是浙江上虞人。祖上都是經商的，可以稱得素封[2]之家。到他祖父故世以後，家道漸漸中落。他從小就聰明，八股文做得很好，十六歲上做了縣學生員，通常叫做秀才。那時正是變法維新的當兒，他知道做八股文沒有出息，第二年就進了新式學校。後來又想到日本去留學，家裏不能供給他費用，他只得向親戚借了錢出去，到日本學的染織工業。不到兩年，借來的錢用完了，只得停學回國。那時浙江兩級師範請了日本教師，需要翻譯人員，夏先生已經精通日語，

----

① 　傳（zhuàn）狀，記述一個人生平事跡的文章，一般是記述死者的事跡。

② 　素封，無官爵封號而比有官爵封號的還要富有的人。

就入校當翻譯。這兩級師範後來就改為浙江第一師範。他見到學生的國文程度不能有多大進步，以為這是國文教師不行之故，就自告奮勇，願意充任國文教師。果然，一班學生經他指導，國文程度相當地提高了。他鼓勵學生寫作，向報紙雜誌投稿，被發表的很多，學生的寫作興趣更加濃厚了。他又提倡思想自由，勸學生多看新書，不要死捧着幾本課本了事。「五四」運動前後推動新思潮的，北方推北京大學，南方就數浙江一師。夏先生和劉大白③、李次九④、陳望道三位先生被稱為浙江一師的「四大金剛」。因為這樣，就引起了許多守舊分子的妒忌和反對。適逢一師的學生施存統⑤（即施復亮先生）作了一篇《非孝論》，那些守舊分子就抓到了把柄，說一師學生思想過激到這般地步，都該由教師和校長負責。「四大金剛」和校長經子淵⑥先生終於都離開了一師。

上虞有位富翁陳春蘭先生，他私人捐資創辦一所春暉小學，後來又擴充為中學，在上虞鄉間白馬湖地方新建校舍，羅致名師，規模相當宏大。那時就聘經先生當校長，聘夏先生為教師。夏先生覺得白馬湖有山有水，清靜空曠，環

③　劉大白（1880—1932），中國現代著名詩人、文學史家。
④　李次九（1870—1953），原名鵬，次九為其字，早年曾參加同盟會，也曾從事文史研究。
⑤　施存統（1898—1970），又名施復亮，社會活動家、共產黨早期領導人。
⑥　經子淵（1877—1938），即經亨頤，字子淵，我國近代教育家、書畫家。

境很好，就在學校近旁造了一所平屋，想終老是鄉。他還有一種想法，要把春暉辦成全國的模範中學，招集多數學者，一面教育青年，一面研究學問，從事著作，每個教師的教授時間定得很少，薪水數目定得很低，用著作的稿費和版稅作為生活費的補助。欣羨他這種理想的人一時很不少，因此大家都知道春暉中學是浙江的優良學校。後來因為經先生興趣轉變，從事政治活動，和他的意見不合，這就使他離開了春暉。

　　離開了春暉，他想自己辦學校，自己辦的學校可以實現自己的理想。他與同志匡互生、劉薰宇⑦、周為羣⑧幾位先生就在上海辦起了立達學園。所有教職員全是同志，一致抱着獻身教育的志願。各人把能做的事盡力地做，把能教的課儘量地教，無所謂薪水，每人每月只取零用費二十塊錢。為甚麼不稱學校而稱學園呢？他們的辦法的確與他校不同，他們不管通常的學校規則，只重在啟發思想，陶冶情感。學生譬如花木，學園就是他們的自由園地。學園最初租的市房，不久，他們盡力設法，在上海近郊江灣租了一塊地，建築起校舍來。後來又在南翔設置了一個農場，民國二十一年⑨「一・二八」以後，就全部被毀了。

⑦　劉薰宇（1896—1967），曾任春暉中學、立達學園教員。曾赴法國研究數學，著有《數學的園地》、《數學趣味》等著作。

⑧　周為羣（生卒年現不可考），北京高師（現北京師範大學前身）學生，與匡互生為同班同學，曾參加「五四」運動。

⑨　民國二十一年，即公元 1932 年。

立達當時一班同志都是窮朋友，二十塊錢的零用是不夠生活的，所以須在他校兼課，夜間還要寫文稿，靠稿費作補貼。這是辛苦異常的生活，然而他們並不覺得辛苦，見到學生越來越多，學園越來越發達，個個都興高采烈。

　　夏先生擔任的是暨南大學的文學院長，又任開明書店《一般》雜誌的編輯。他一個人住在上海，每天跑江灣，跑真茹（暨南大學），還要寫雜誌文稿，沒有一刻的空閒。後來開明書店改為公司組織，他擔任書店的編輯所長。這時他創辦了《中學生》雜誌。他認為一般中學都辦得不得其法，學生太吃虧了，想憑這個雜誌給他們一點真正的教育。他的大旨見於他的《受教育與受教材》一篇文字中。學生在一般中學裏，至多受到了某種學科的教材，但是受教材並不等於受教育，受教育的範圍寬廣多了。必須食而能化，舉一反三，知識能力從而長進，思想情感從而發皇，才是真正的受教育。但是一般中學沒有給學生享受這種福利。他為了彌補這種缺憾，花了不少的心血編輯《中學生》雜誌。每期都是自己擬定了題目，特約相當的人寫文稿，務使面面顧到，絕不隨便湊數，讓雜誌真成了「雜」誌。他又修改投稿者的文稿，回各地讀者的信。他總是站在投書人的地位，設身處地地替他們商量事情，解決疑難，態度是誠懇的、友誼的，從不板起面孔，說些照例的教訓的話。

　　「八‧一三」[10]戰事發生以後，開明同人大部分流遷到內

名家散文必讀系列‧葉聖陶

---

⑩　「八‧一三」，指 1937 年 8 月 13 日，日本為擴大戰爭而進攻上海，上海軍民奮起反抗，開始了歷時 3 個月之久的「淞滬會戰」。

地，在後方繼續努力。夏先生一向怕出門，又加年老多病，不能離開上海。他就編寫他的字典，同時在南屏女子中學擔任國文教師。曾經被日本憲兵部抓去過一回，和章錫琛[①]先生同難，關了十天才放出來。

我回到上海是三十五年二月初，趕緊跑去看他，他臥病不出門已有兩月了。他精神很頹唐，滿腔鬱憤，但是並不為了自己的甚麼事。最難忘的是他臨終前一天向我說的那一句話，也就是我所聽到的他的最後一句話 ──「勝利，到底啥人勝利？無從說起。」這句話抵得一篇悲天憫人的大文章。不應得到勝利的「勝利」了，應該得到勝利的「慘敗」了，這是他臨終抱恨的。但是，世界正在轉變，應該得到勝利的總有勝利的一天，而且為期不會太遠。到那時候，我們定須假定夏先生「靈而有知」，高高興興地告訴他一聲。

一九四八年五月一日發表

---

① 　章錫琛（1889—1969），著名出版家，曾就職上海商務印書館等，於 1926 年 8 月創辦開明書店。新中國成立後，曾參與多種圖書的校注、出版工作。

佩弦的死訊

導讀

    本文刊於《文藝春秋》第 7 卷第 2 期，收入《葉聖陶散文甲集》，又收入《葉聖陶集》第 6 卷。本文作於 1948 年 8 月 13 日，這是朱自清逝世的第二天。佩弦即朱自清（1898—1948），佩弦為其字，著名學者、詩人、語文教育家，長期擔任清華大學中文系主任。他在知識分子中具有廣泛的影響和崇高的聲望，他在清華大學的同事、著名作家李廣田稱他具有「最完整的人格」。

    葉聖陶與朱自清在 20 世紀 20 年代就建立起了深厚的友誼。20 世紀 30 年代，兩人雖然一南一北，但仍聯繫密切。朱自清的著名散文集《歐遊雜記》、《倫敦雜記》，都是在葉聖陶主編的《中學生》雜誌上連載的。20 世紀 40 年代初，葉聖陶在成都，朱自清在昆明，但兩人常常利用假期在成都見面，並合作編寫了《精讀指導舉隅》、《略讀指導舉隅》等。抗日戰爭勝利後，朱自清在北平，葉聖陶在上海，又合作編寫了《開明文言讀本》和《開明新編高級國文讀本》。朱自清逝世後，葉聖陶多次寫文章悼念，直到葉聖陶晚年，仍有詩詞追憶兩人的友誼。

    朱自清盛年逝世，與其長期辛勤工作有關係，所以本文重點談了朱自清抓緊時間、不斷學習的精神。但這並非為了「立名」，而是惟恐對大眾的貢獻太少。本文所刻畫出來的朱自清這一感人的精神品質，值得我們再三回味。

　　本月十日接到北平航空信，清華大學的信封，署個「朱」字，筆跡不是佩弦的，我心中就有了預感。拆開來一看，果然不是佩弦的信，是他的兒子喬森寫的。說他爸爸在六日早上四點鐘突然胃部劇痛，十點鐘在北大醫院已經不能動彈。下午兩點在醫院開刀，經過情形還好，可是三四天間是危險期。又說與我合編的國文教本最近大概不能編了，請我原諒。我就發個電報給北平的一位朋友，請他代往醫院探望，並將所見電告。十一日《大公報》有一條電訊，說開割歷五小時之久，又有腎臟炎的毛病，情形很嚴重。十二日下午，北平的朋友來了回電，說是未脫危險。看《新民晚報》，登載着一條電訊也說嚴重。到今天早上，預料而又怕看的一條消息果然在報上刊出了，佩弦已於昨日上午十一時後去世。

　　佩弦的胃病是老病，我說不大準確，拖了十五年左右。他的病時發時止，最近七八年間發得較頻繁，而且每發必凶。實在是十二指腸潰瘍，這是早已知道了的。有人勸他開割，他也想去開割，但是聽醫生說不開割也可以，就拖下來了。近兩月間又發了幾次，曾經寫信來說擬停止合編教本的工作。我勸他且從事休養，編書的事將來再說。後來他身體似見好轉，很高興地寫信來說願意繼續合作。不料就在二十天之後他去世了，使我再沒有與他合作的機會了。

　　他在昆明的幾年太苦了。兼課，飲食不好，每天跑很遠的路。暑假中回到成都算是舒服些，然而他責任心重，不肯請假，趕在開學以前就急急忙忙動身回校。回到北平以後

也從未閒過，教課之餘，寫文字、編刊物、編《聞一多全集》，只有病發時候才躺下來。如果他能有好好的休養，如果他早幾年開割，到今天也許還是健康精壯的人。事務跟經濟限制了他，使他不能好好地休養，使他直到體力消耗將盡的時候才去開割，於是他只能享有五十一歲的生命。

佩弦是個好人，凡是認識他，跟他有交誼的人都承認。他可不是「爛好人」，不是無可無不可，隨俗依違的那一流。只要看他幾年來對於一些看不順眼的大事都站出來說話，就可以知道。他這樣做，我確切地知道，不是討好甚麼人，不存甚麼企圖，只是行其心之所安。目前由於多所顧慮，有所見到而不願宣露出來的人似乎很多，這就是不能行其心之所安，結果弄到經常的不安。經常的不安才有所謂「煩悶彷徨」，隨時行其心之所安，又有甚麼「煩悶彷徨」呢？

他近年來很有顧影巫巫的心情，在幾次來信中曾經提到。我想他未必如屈原所說的「恐修名之不立」①（如果把「名」字作通常的「名譽」講），卻是恐怕自己的成績太少，對於人羣的貢獻太不夠的緣故。加上他的病，自己心中有數，就只盼望成績多一點、好一點，能夠工作就儘量工作。他實踐他的意願，不停地工作，直到本月六日最後一次發病為止。

---

① 出自屈原《離騷》，大意是說「擔心自己美好的名譽不能樹立」；修，美好。

　　我想人生不可解而可解，不可究詰^②而可究詰。離開了人的觀點，或從天文學的觀點，或從生物學的觀點，人生只是宇宙大化中的一粒微塵而已。但是取了人的觀點，就有了個範圍，定了個趨向。既講人，不能不求其進步，不能不求其好——物質方面跟精神方面都好，而且必須大家好，不能單讓一部分人好，其他的人不好。這就產生了為大眾服務，努力將自己的成績貢獻於大眾的想頭。個人的名利有甚麼可以追求的呢？惟有實實在在的成績足以貢獻給大眾，在大眾的海洋裏加增一點一滴的，才是生命的真意義，才算沒有虛度短短的幾十年的壽命。我雖然沒有跟佩弦談過這一套近乎玄虛的話，可是我確知他帶着病辛辛苦苦地工作着，是含有這個意思的。我說的也許太淺薄，但是絕不會牛頭不對馬嘴。

　　現在時髦的詞中有一個叫「學習」。我想佩弦是時時在那裏學習的，他對甚麼都虛心地問，都細心地研究，對方不論是誰，告訴他他都認認真真地聽。舉新詩研究為例，他是早期的新詩作者，新詩在二十幾年間變得很多，大部分早期作者都掉頭不顧了。獨有佩弦，他一直留意新詩的發展，探詢各方面的意見，揣摩各方面的意見，揣摩各種派別的作品，而且寫了不少解析和介紹的文字。有一些一般人不認為詩的詩，他很平心地承認這也是詩，不過不是某些傳統裏所認為詩的詩。他肯定地說新詩有前途，那前途在於現代人有

---

② 　究詰（jié），追問、責問。

了新的生活。

　　說起生活，他也是經常在學習的。本月五日出版的《中建》③北平版有《知識分子今天的任務》的座談記錄，他老老實實地說：「現在我們過羣眾生活還過不來。這也不是理性上不願意接受，理性上是知道該接受的，是習慣上變不過來。所以我對我的學生説，要教育我們得慢慢來。」這其間絕無虛矯之氣，卻表明他願意接受學生的「教育」，將習慣慢慢地變過來。向學生受教育，在權威主義的先生們看來是豈有此理的事。可是我確切相信，在生活實踐方面，現代的青年實在比中年人、老年人進步了不少（糊裏糊塗的青年人當然不在此例）。中年人、老年人要自己好，就得向青年人學習。

　　寫實在寫不出甚麼，平時的友情，今天的悲感，化為幾句話都只是跡象而已，這有甚麼意義？編輯先生要我當天交稿，只能雜亂地寫一些，不能表現出佩弦的若干分之一，很對不起他。

一九四八年八月十三日作

---

③　《中建》，《中國建設》半月刊的簡稱，1947 年出版的綜合性刊物，總社在上海，編輯出版在北平（北京），由民主黨派和無黨派民主人士創辦，以揭露國民黨反動派的反動本質為宗旨。

從西安到蘭州

◀ 導讀

　　本文作於 1953 年 12 月 16 日，最初發表於當月 25 日《人民日報》第 3 版，後收入《小記十篇》，又收入《葉聖陶集》第 7 卷。1953 年 10 月 15 日至 11 月 14 日，葉聖陶在金燦然的陪同下，前往西北大區傳達國家文委的決議。葉聖陶先去西安，10 月 31 日晚到達寶雞，宿一晚，11 月 1 日出發，11 月 2 日上午抵達蘭州。《從西安到蘭州》就是寫這一路見聞的。文章將沿途的自然風光、人文景觀和歷史沿革融為一體，夾敍夾議，樸實遒勁。

　　當時中華人民共和國剛成立不久，百廢待興，全國人民熱情高漲，充滿了幹勁。如從天水到蘭州的天蘭鐵路不到兩年半就建好了，大大改善了西北的交通。葉聖陶對此蓬勃形勢，充滿了自豪。文中説：「惟有人民自己做了主人，彼此團結起來，發揮力量和智慧，甚麼高山大河都可以征服，要怎麼辦就怎麼辦。」這樣的豪言壯語，至今讀來仍令人激動不已。

　　此外，葉聖陶善用白描手法，寥寥幾筆勾畫出美麗的風景，如寫鐵道兩旁的山：「再説那些山。不懂地質學的人只好借用畫家的皴法來説。那些山的皴法顯然不同，這一座是大斧劈皴，那一座是小斧劈皴，這一座是披麻皴，那一座是荷葉筋皴……幾乎可以一一指點。皴法不同的好些座山重疊在周圍，遠處又襯托着兩三峯，全然不用皴法，只是那麼淡淡地一抹。」用作畫來比擬羣山，大自然的鬼斧神工和山峯的雄壯多姿躍然紙上，讓人印象深刻。

十月三十一日下午兩點四十分，火車從西安開，七點十多分到寶雞。車程一百七十六公里。還沒有快車，逢站都停。靠近西安和寶雞的幾站，乘客上下的多，車廂裏坐得滿滿的。中間一段比較空，三個人的座位上有的只坐一個人。乘客裏頭農民居多。車上的廣播室廣播保藏紅薯的方法，這是認定對象而又很適時的。

在咸陽和茂陵兩站之間，北面聳起好些個大土堆，輪廓齊整。那是漢唐的陵墓，前些日子我們原想去看一看，可是沒有去成。

南面遠處是秦嶺，始而終南山，既而太白山[1]，還有好些個叫不出名的峯巒，一路上輪替送迎。那一天輕陰，梨樹的紅葉和留在枝頭的紅柿子都不怎麼鮮明。秦嶺的下半截讓厚厚的白雲封住。那白雲的頂部那麼齊平，好像用一支劃線尺劃過似的。韓昌黎[2]的詩有「雲橫秦嶺」的話，我們親眼看見了，而且體會到那個「橫」字下得實在貼切。露出在雲上的峯巒或作淡青色，或作深青色，或只是那麼渾然的一抹，或顯出凹凸的紋理，看峯巒的遠近高低而定。有些雲上的峯巒又讓白雲截斷，還有些簡直沒了頂。那些看得清凹凸的紋理的峯巒，山凹裏有積雪。

從咸陽起，鐵路始終跟渭河平行，渭河在鐵路的南面。因為距離有遠近，渭河有時看不見，有時看得見。渭河的水

名家散文必讀系列‧葉聖陶

---

① 秦嶺是橫貫中國中部的東西走向山脈，也是中國地理上最重要的南北分界線。終南山是秦嶺的一段山脈，太白山是秦嶺的主峯。

② 韓昌黎，即韓愈（768—824），唐朝著名詩人，昌黎為其郡望。

黃濁，看來跟黃河相仿。

就農事而言，鐵路兩旁的田野好像跟成都平原、跟太湖流域都差不多。土色的黃是個顯然不同之點，可是土質的肥沃恐怕不相上下。麥苗萌發了，這裏那裏一方方的嫩綠的絨毯。翠綠的蔥綠的是各種蔬菜。林木時而稀時而密，跟方才提起的兩個區域比起來，就只是絕對不見竹林，經常看見白楊樹 —— 茅盾先生所讚美的傲然挺立的白楊樹。

出了寶雞車站，人力車在新修的開闊的馬路上慢慢地前進。兩旁店鋪燈光不太強，顯得安靜。馬路旁的橫路漸漸低下去，坡度不怎麼大。心中突然發生一種感覺，彷彿到了四川省沿江的那些城市，雖是初到，很覺親切。

十一月一日早晨上車站，九點四十分開車，第二天上午十一點到蘭州。車程五百零三公里：寶雞到天水一百五十四公里，天水到蘭州三百四十九公里。

在這條路上，最顯著的是山崖迫近了，火車盡在叢山間跑。不但在叢山間跑，許多地方還得穿過山跑 —— 這就是說在隧道裏跑。隧道多極了，長的短的也不知道有幾百個。一會兒電燈亮了，窗外一無所見，輪軌相激的聲音特別響亮，彷彿蒙在罈子裏似的；一會兒出了隧道，又看見窗外的天光山色。可是才抽得兩三口煙，又鑽進前一個隧道裏了。這樣的情形並非少見。最長的是天蘭鐵路的第四十一號隧道，在關內，數它是第一大隧道。

渭河也迫近了。靠着車窗往往可以低頭看水流，或急或緩，或窄或寬，沿河的沖積土上種着莊稼。河中有灘的地方，嘩嘩的水聲也可以聽見。渭河怎麼樣彎曲，鐵路就跟着

它彎曲。我們的車廂掛在後段，常常看見前面的機車和車廂拐彎，宛如夭矯的龍。

直到隴西，鐵路才跟渭河分手，轉向西北。隴西以東，鐵路絕大部分在渭河北岸，少數幾段移到南岸。這就得在渭河上架橋，可惜經過幾座渭河大橋在夜間。後來借到《慶祝天蘭鐵路通車紀念畫刊》來看，那幾座大橋真配得上「雄姿」這個字眼。橋柱像羅馬建築的柱子那樣，下面流着浩浩蕩蕩的渭河水，上面承着鋼樑，簡潔壯偉，顯出現代工程的美。

不但渭河橋，鐵路要跨過深谷也得架橋。那些橋往往是好幾座鋼塔架承着鋼樑，另外一種壯觀。至於中型的、小型的橋樑，一眨眼間就開過的，說得籠統些，簡直不知其數。

鐵路既然在山間通過，就得把高低不平的山地鑿成近乎水平的路塹，兩旁削成斜壁，使土石不至於崩塌。好些斜壁還得加工，或者塗上水泥，或者砌上石片，築成禦土牆。有些地方築個明洞來防禦土石的崩塌。所謂明洞就是並不穿山而過的隧道，築在山腳下，一壁貼着山，一壁顯露在外，開些小穹洞，可以透光。

我們完全不懂鐵路工程，照我們想，這條鐵路有那麼些個艱難的工程，該經過較長的年月才能完工，可是我們知道，從一九五〇年的五月到一九五二年的秋天，在不到兩年半的時間內，天蘭鐵路就修成了，一九五二年的國慶前夕提前通車，同時又改善了陷於癱瘓狀態的寶天鐵路[3]，使西北的

③　寶天鐵路，即從陝西寶雞到甘肅天水的鐵路。

大動脈暢通無阻。這是中國人民解放軍的七萬軍工的功勞，這是不止一個民族的兩萬多民工的功勞。請聽一聽當時的《築路歌》吧：「樹要人來栽，路要人來開，人民天蘭路，人民修起來！」惟有人民自己做了主人，彼此團結起來，發揮力量和智慧，甚麼高山大河都可以征服，要怎麼辦就怎麼辦。來睦鐵路[④]通車了，成渝鐵路[⑤]通車了，天蘭鐵路通車了，我們聽見這些個消息，那時候的感情跟從前聽見甚麼鐵路修成了完全不一樣。這一回初次經過寶天鐵路和天蘭鐵路，我們更深切地分享到十萬軍工民工的成功的喜悅。

為甚麼說以前的寶天鐵路陷於癱瘓狀態呢？原來國民黨反動政府修築寶天鐵路，工程是很草率的，曲線的半徑極小，路基極狹窄，旁壁陡直，隧道大多沒有加工襯砌，很多應修橋涵的地方沒有修，修了橋涵的，孔徑又不大，不能暢泄流水，因而線路常被崩塌的土石阻斷，路基常被受阻的流水沖毀。當時名義上雖說通了車，實際上通車的日子很少。一九四九年將要解放的時候，主要橋樑又讓國民黨反動派給破壞了，於是全線陷於癱瘓狀態，只是那麼一條爛鐵路，簡直行不來車。新中國成立以後，一面動手修築天蘭鐵路，一面施工恢復寶天鐵路，施工期間還是維持通車。彎曲太厲害的線路改了，路基放寬了，旁壁削斜了，該修的禦土牆修起來了，隧道加上了襯砌，又加築了好些個明洞和橋涵，孔

④　來睦鐵路，即湘桂鐵路（從湖南省衡陽市至廣西憑祥市）的來睦段，從廣西的來賓市至睦南關（現改名友誼關）。

⑤　成渝鐵路，從成都至重慶的鐵路。

徑太小的橋涵也改大了，又吸取了蘇聯的先進經驗，做了大規模的排水工程，種了樹，種了草，用來保持水土。於是寶天鐵路有了新的生命，天蘭鐵路工程的供應運輸有了可靠的保證。

據考古家的說法，這一帶河谷兩岸隨着河谷的下降和黃土的沖積，形成台地，史前人類和現在的居民就住在那些台地上。台地可以分做五級。第五級台地高出現在的河面二百到五百公尺，到現在還沒發現人類居住過的遺跡。下一級是第四級，那裏有史前人類的墓葬。再往下是第三級和第二級，高出現在的河面二十到五十公尺，新石器時代的人類就住在那裏，彩陶文化的遺跡非常豐富。第一級是現在的居民居住的地方，高出河面五到二十公尺不等，我們想像那些使用石器、陶器的史前人類，他們大概只能沿着河谷活動，走那大家不約而同走出來的道路，而且不可能走得太遠。河這一岸的人跟河那一岸的人彼此可以望見身影，可是，恐怕始終不能夠聚在一塊兒說句話吧，他們的時代距離現在不到五千年，就算它五千年吧，就整個人類歷史說，五千年是很短的一會兒。可是現在亮得發青的鋼軌橫躺在山嶺間、河谷上了。起初是人家不約而同走出來的道路；隨後是有意鋪設的道路，可是行走還得憑人力，或者利用畜力；最後才有鐵路，鐵路把道路機械化了。這五千年的進步多大啊！此外，公路也是機械化的道路，公路上可以開行汽車、卡車。河裏行了輪船，水路也機械化了。空中本來沒有路，自從有了飛機，空中有路了，而且一開頭就是機械化。各種機械化的道路掌握在人民手裏，人民的物質生活和文化生活更將飛速地

提高，那還待説嗎？

　　説得稍稍遠點了，再來説些所見的景物吧。

　　一路上兩旁的山大都作黃色，少樹木，是成一鱗一鱗的梯田。可是寶雞往西開頭的幾站間並不然，那裏山上全是樹木，同是綠色而濃淡深淺有差別。又攙雜着好些紅葉，紅葉又分鮮紅和淡紅，這就夠好看的了。再説那些山。不懂地質學的人只好借用畫家的皴法 ^⑥ 來説。那些山的皴法顯然不同，這一座是大斧劈皴，那一座是小斧劈皴，這一座是披麻皴，那一座是荷葉筋皴……幾乎可以一一指點。皴法不同的好些座山重疊在周圍，遠處又襯托着兩三峯，全然不用皴法，只是那麼淡淡的一抹。忽然想起這不跟長江三峽相仿嗎？我們坐在火車裏就像坐在江船裏一樣，峯回路轉，景象刻刻變換，讓你目不暇接。我把這個意思告訴我的同伴。我説，沒有走過三峽的，看了這裏的景象也就可以知道個大概。一位同伴脱口而出説：「這個得拍電影！」是的，語言文字的確難以描寫，惟有彩色活動電影才勝任愉快。

　　雖説山崖迫近，也有不少地段山崖退得遠一些。這就是所謂第一級台地吧，全都平鋪着各種農作物，當然也有樹木和村屋，不用想得太遠，至少從周秦時代起，古先的農民就在這裏翻墾每一塊土，他們的汗滴在每一塊土裏。前一輩過去了，後一輩接上去，無休無歇，直到如今。我們如今看見

⑥　皴（cūn）法，國畫畫山石時，勾出輪廓後，為了顯示山石的紋理和陰陽面，再用淡乾墨側筆而畫，叫做「皴」。

的那些平田以及山上一鱗一鱗的梯田，哪一處不留着歷代農民改造自然的「手澤⑦」？仔細想來，實在是偉大的事業。最近大家認明了總路線，知道農業要經過社會主義改造，不再像以前那樣光靠「一手一足之烈⑧」，要大夥兒合起來搞，要逐步機械化。預想改造完成的時候，農村經過飛躍的改變，景象必然跟如今大不相同，那是更偉大的事業了。

第二天早晨醒來，車正靠站，站名梁家坪，距離蘭州只有十多站了。連綿的黃色的山，山頂大多平圓。村落裏的房屋用黃土修築的多，偶然看見用磚瓦的。除了地裏的農作物和一些樹木，就只見渾然一片的黃。可是將近蘭州的時候，景象就不同了。顯著的是樹木多了，這裏一叢，那裏一叢，樹葉還沒有落，蒼然成林，其中有拂着地面的垂柳。地裏界劃着發亮的小溪溝，溝水緩緩地流動。好些地裏剛灌過，着潮的土色顯得深些。那溪溝裏的水是黃河水，用大水車引上來。蘭州附近一帶用水車引黃河水從明朝開始，據說是一位理學家段容思的兒子段續從西南方面學來的。現在有水車兩百多架，每架可以灌五十畝到百把畝。

在蘭州附近看見好些地裏盡是小卵石或是黑色的小石片，平勻地鋪在那裏，像富春江⑨的江底。我們不明白那是甚麼玩意兒，打聽人家才知道那是蘭州農作方面一種特殊

---

⑦　手澤，先輩存跡。

⑧　一手一足之烈，一手一足，一個人的手足，指單薄的力量。

⑨　富春江，浙江省河流，為錢塘江桐廬至蕭山段的別稱，以風光秀麗著稱。

的發明。原來蘭州的土地乾燥，又含着鹵質[10]，遇到旱天雖有溝水灌溉，還是嫌乾燥，下過大雨鹵質升起來，都對農事不利。於是發明沙地的辦法 —— 把濕沙平勻地鋪在地面，上面再鋪一層小卵石或是小石片來保持它。在旱天，那沙地有減少蒸發、保護幼苗的功用，大雨下過，雨水透過沙地滲到土裏，鹵質不至於升起來，因而水旱都可以不愁。這是很細緻、很煩勞的工夫，你想，田地多麼大，沙和卵石石片就得鋪多麼大。可是農民為了生產，願意下這個又細緻、又煩勞的工夫。據説鋪一回沙可以支持三十年，過了三十年沙老了，必須去掉舊沙，換上新沙。

黃河又見面了，在鐵路的北面。幾個人在河岸邊慢慢地走，各搯[11]着個長方形的架子，比人身高，架子上是些脹鼓鼓放的東西，看不太清楚。可是我們立刻想到那是羊皮筏。看，黃河上一個人蹲在羊皮筏上輕飄飄地浮過去了。羊皮筏聞名已久，現在才親眼看見，心中湧起這一回非試它一下不可的想頭。

看圖表，蘭州海拔一千五百公尺。路上經過的寒水岔、金家莊兩站最高，都在兩千公尺以上。從寶雞到寒水岔是一路往上爬。

一九五三年十二月十六日作

---

⑩　鹵（lǔ）質，土壤中所含的鹼質。

⑪　搯（qián），扛、背。

遊臨潼

導讀

　　本文於 1953 年 12 月 27 日寫畢，發表於《新觀察》第 2 期
（1954 年 1 月 16 日出版），後收入《小記十篇》，又收入《葉聖
陶集》第 7 卷。臨潼，在陝西關中平原中部，1953 年時為西安
的一個縣，1997 年改為區，是西安的東大門。域內有秦始皇兵馬
俑、華清池兩個著名的風景區。1953 年葉聖陶前去旅遊參觀時，
兵馬俑尚未出土，所以作者「徑到華清池」。臨潼的溫泉在幾千年
前就被人們開發利用，現在仍然保存着世界上最早的皇家浴池華
清池，相傳唐玄宗和楊貴妃曾在此沐浴。但作者對於泡溫泉興致
不高。他主要關心的是「捉蔣亭」和臨潼人民的生活情況。

　　文章寫「捉蔣亭」卻並不直接寫亭的形狀，而是通過茶館
老闆的敍述，寫蔣介石到臨潼給人們生活帶來的不便。作者寫臨
潼人民現在的精神狀態，或通過白描，或通過人物語言，都很傳
神。例如，「年輕婦女當然愛打扮，無論留髮的、剪髮的都把頭髮
梳得整整齊齊的，有些個留髮的還在髮髻旁邊插朵菊花。他們大
都有說有笑的，瞧那神氣好像赴甚麼宴會。」在今天看來，這些
妝扮也許已不足為奇，但在當時，卻透露出婦女們對生活的滿足
和熱愛。農民對比今昔的生活情況：「從前嘛，搞出來的東西人家
給拿走了，人還不得留在家裏。現在搞出來的是自家的了，人也
能安安心心留在家裏了。」這都體現了當時獨特的時代特色。

那一天天氣晴朗。上午九點過，我們出西安城往臨潼。臨潼是西安人遊息的處所。逢到休假的日子，到那裏去洗一個澡，爬一回山，眺望渭河和田野，精神舒快，回來做工作格外有勁兒。

經過滻河和灞河[①]。滻河上跨着滻橋，灞河上跨着灞橋。灞河、灞橋都有名。沛公[②]入關，駐軍灞上。唐朝人送出京東去的直送到灞橋，在那裏設餞，折柳贈別，以灞橋為題材的送行詩也不知道有幾多首。滻河比較小，灞河可寬大，雖然秋季水落，靠兩邊露出了沉沙，浩蕩的氣勢還是很顯然。橋是平鋪的，一列的方橋墩，一個個的方橋洞，汽車、大車、行人都在橋上過。岸邊有些柳樹，並不是倒垂拂地的那一種，也許唐朝人所折的柳跟這個不同吧。

從灞橋柳樹想起《紫釵記》[③]傳奇裏的那出《折柳》。霍小玉就在這裏送李益，情意纏綿，難捨難分，説灞橋「分明是一座銷魂橋」。可是湯玉茗[④]更改了《霍小玉傳》的情節，讓李益往河西參軍，往河西怎麼倒朝東走？這與其説是作者的小小疏忽，不如説他捨不得灞橋折柳的故事，定要

---

① 滻（chǎn）河和灞河都是陝西境內的河。

② 沛公，即漢高祖劉邦（前 256—前 195），在沛縣起事反秦，故稱沛公。

③ 《紫釵記》，明著名戲曲劇作家、文學家湯顯祖（1550—1616）創作的一部傳奇，改編自唐代蔣防的文言小説《霍小玉傳》，講述了傳奇女子霍小玉與唐代詩人李益的愛情故事。

④ 湯玉茗，即湯顯祖，玉茗堂為湯顯祖晚年居住的地方。

拿來做他傳奇的節目。反正像作畫一樣，花無正色鳥無名，只要取個意思就成，既是傳奇裏的動人場面，又何必核實方位，究東問西呢？

在右手邊望見一座新建築，矗起個又高又大的煙囱，形式簡淨明快，大玻璃窗一排上頭又是一排。鐵路的支線跟公路交叉，橫過去直通到新建築那裏。那是西安第二發電廠，去年十一月間開的工，不到一年工夫，今年十月九日已經舉行了慶祝落成發電的剪綵典禮。最新式的設計，最新式的機器，最先進的技術，機械化、自動化達到了很高的程度。廠裏現有的設備全部開動起來，發電量等於西安第一發電廠的兩倍。在今後的兩三年內，西安、咸陽地區的工業生產用電和城市居民用電這兒就可以充分供應了。

兩旁地裏的小道上三三兩兩有人在走動，都匯合到公路上來。老漢銜着旱煙管；老太太帶着小孫女，手裏拄着拐杖，可是腳步挺輕爽；壯年男子跑得熱了，簇新的青布棉短褂搭在肩上；年輕婦女當然愛打扮，無論留髮的、剪髮的都把頭髮梳得整整齊齊的，有些個留髮的還在髮髻旁邊插朵菊花。他們大都有說有笑的，瞧那神氣好像赴甚麼宴會。

不但匯合到公路上來的行人越來越多，看，大車也不少呢。一輛大車往往擠着一二十人，偏着身子，挨着肩膀，有些人兩條腿掛在車沿，那麼一顛一蕩地按着韻律前進。騾子拉着重載本來跑得慢，又因出身在鄉間，跟汽車還有些生分，見我們的汽車趕過去，牠索性停了步。於是趕車的老鄉下來遮住騾子的視線，我們的汽車也開得挺慢，那麼輕輕悄悄地躐過去。

　　打聽之後才知道斜口逢集，這些人大都是趕集來的。我們停車去看看。經過一條小道，從一排房子的後面抄過去就是斜口。鋪子前面一些攤子已經擺得端端正正了——賣東西的到得早。菜蔬、布匹、飲食、雜用零件，陳設跟一般市集差不多。需要東西的人這邊看一看，那邊挑些合用的甚麼，或者坐下來吃一碗泡饃，幾乎可以說摩肩接踵，頗有一番熱烘烘的景象。市梢頭陳列着許多木櫃子和門窗槅，全是木工的手製品。秋收差不多了，農民們添置個新櫃子儲藏家用東西，或者買些現成的門窗槅扇把房子刷新一下，這也是改善生活的要求，料想四年以前的市集該不會有這些東西吧。

　　十點半到臨潼，並不進臨潼縣城，徑到華清池。這一帶樹木比一路上繁茂，蒼翠成林。仰望驪山不怎麼高，可是有丘壑，有丘壑就有姿致，綠樹紅葉跟山石配合，儼然入畫。從前唐明皇在這裏修華清宮，周圍起些公卿的邸宅，不致孤單寂寞，於是在華清池洗洗溫泉澡，在長生殿跟楊玉環起個鶼鶼鰈鰈⑤的恩愛誓。就享樂方面說，他可真是個老在行。

　　現在所謂華清池是個緊靠着驪山的花園佈置。純粹中國式，有假山、迴廊、花欄、荷池、小橋，亭館全用彩椽，當然，浴室也包括在裏頭。花欄裏菊花、西番蓮、美人蕉開得正有勁兒，還有些粉紅的大型月季——這時候還開月季，

---

⑤　鶼（jiān）鶼鰈（dié）鰈，夫妻恩恩愛愛。鶼鰈，比喻恩愛的夫妻。鶼，古代傳說中的比翼鳥；鰈，比目魚。

可見地氣之暖。荷池裏只剩荷梗了，幾隻鴨悠然浮在池面。這池水是從溫泉引過來的，因而想起「春江水暖鴨先知」的詩句。

我們不急於洗澡，先去爬山。目的在看西安事變那時候蔣介石躲藏的處所。從華清池右邊上山，土坡緩緩地屈曲地往上延伸。路不算窄，大概可以並行兩輛汽車，是新修的。路旁邊栽些槐樹，將近半山腰才是比較陡的石級，登完石級就到捉蔣亭。亭子後面朝石壁，亭子裏正面上方題一段文字，敍述西安事變前後經過的大略情形。兩三個老鄉為遊人指點蔣介石躲藏處，其說不一。一個說亭子後面那石壁稍微凹進去像個洞子，那夜晚蔣就像耗子似的躲在裏頭；一個說他還想往上逃，不知是光腳底跑破了還是挫傷了腰，再也跑不動，只好閃在右手邊那塊岩石的側邊。聽起來總不離這一帶石壁。為了掩飾蔣的醜，國民黨反動派就在這裏修個亭子，取名叫「正氣亭」。

坐在捉蔣亭的台階上休息。朝北望去，眼界寬闊極了。明藍的晴空無邊無際。渭河和它的支流界劃着遠處的平原，安安靜靜的。近處這裏那裏一叢叢的樹林。地裏差不多全種菜蔬，特別肥美，嫩綠、濃綠都像起絨似的。通常說錦繡河山，這眼前的景物可真是一幅貨真價實的錦繡。

下山吃過飯，在華清池旁邊一家小茶館前喝茶。帆布躺榻，矮矮的桌子，有成都茶館的風味。茶館老闆是個愛說話的人，偶然問他幾句，他就黏在那裏捨不得走開。他指着半山腰的捉蔣亭，說當年捉住了蔣介石送西安，就在茶館門前上的車 —— 穿的單衫，一位弟兄好意，給他穿了件棉

軍衣。他説：「蔣介石這副形容⑥去西安，來的時候可神氣呢。一路上兩旁佈崗位，比電線杆子密得多，上刺刀的槍橫在腰間，臉全朝外，他在汽車裏只看他們的後腦勺。地裏做活的全都讓他給趕回去。不問你的活放得下手放不下手。不用説，我們這些小鋪子也非關門不可，你得做一天吃一天，那是你的事，他不管。」

摹仿了幾聲槍響之後，茶館老闆接着説：「我想，他們準是開會談不攏，鬧翻了。虧得他們鬧翻，我這小鋪子才得就開門。要是他住在這裏過個冬，我怎辦？……後來他還來過一趟，照樣佈崗位，照樣趕地裏做活的回去，叫鋪子關門。他穿一件長袍子，抬起尖下巴朝山上望了一會兒，不知道他想些甚麼。不多久汽車就開走了……」

茶館附近有兩個水果攤子，帶賣菜蔬。曾聽説臨潼石榴有名，我們就買石榴。擺攤子問要酸的還是甜的。我們説當然要甜的。可是一問價錢，酸的貴一倍。甚麼道理呢？——茶館老闆又有話説了。他説酸石榴甚麼病都治，婦道人家尤其愛吃。大概病人胃口不好，甚麼都沒味，吃些酸東西倒有爽利的感覺，那是真的。説甚麼病都治，未免誇張過分了。至於多數婦女愛吃酸是實情，恐怕是生理的關係，不大清楚。我們反正不生病，還是買了甜的，確然甜。

攤子上還有蘋果和柿子。柿子分兩種，一種是大型的，朱紅色，各地常見；一種是小型的，大紅色，近似蘇州的

---

⑥　形容，形體和容貌。

「金缽盂」和杭州的「火柿兒」。這種小型的柿子在西安市上見過，沒注意，這回可注意了，因為聯想到蘇州的「金缽盂」。我從小不愛吃那朱紅色的大型柿，生一些的，澀味巴着舌頭固然難受；熟透了的，那甜味也怪膩，沒有鮮潔之感。我只愛吃「金缽盂」。自從離開了蘇州，經常遇見那些大型的，我從來不想拿一個來嚐嚐，可以說跟柿子絕緣了。現在看見這近似「金缽盂」的小型柿，不由得回憶起幼年的嗜好。撿一個熟透了的，輕輕地撕去表面那一層大紅色的衣，露出朱紅色的內皮，還是一個柿子的形狀，送到嘴裏，甜得鮮潔，跟「金缽盂」一個樣，而且沒有硬核 ——「金缽盂」有硬核，或多或少。這種柿子是臨潼的特產，名叫火柿，跟杭州相同。

臨潼的菜蔬，白菜、花菜都好，韭黃尤其有名，在西安都吃過了。菜大都肥嫩，咀嚼起來沒有骨幹，很和潤地嚥下去。韭黃爽脆極了，咀嚼的時候起一種快感，汁水有些甜味，幾乎沒有那股臭氣，吃過之後口齒間又絕不發膩。

茶館的右手邊就是公共浴池。溫泉養成了臨潼人勤洗澡的習慣，應該有公共浴池滿足大眾的需要。分男的和女的，都在屋子裏，規定每天開閉的時間。我們去看男浴池。一股熱氣，比澡堂子裏的大池子大。屋內光線不太強，可是看得清池水是清澈的。十來個近乎醬赤色的光身子泡在池水裏，有幾個只透出個腦袋。池沿上也有十來個人，正在擦呀抹的。

於是我們重入華清池。那一天不是星期日，等了大約一刻鐘工夫就輪到我們洗澡了，據說星期日買了票等兩三個鐘

頭是常事。華清池內也有大池子，浴室分單人的、雙人的，還有一間四個人的，美其名曰「貴妃池」。我和三位朋友挑了貴妃池。

池作長方形，周圍全砌白瓷磚。一邊一個台階，沒在水裏，供洗澡的坐。不坐那台階而坐在池底，水面齊脖子，四個人的手腳都可以自由舒展，不至於互相碰撞。水清極了，溫度比福州的溫泉和重慶的南溫泉、北溫泉似乎都高些（我只洗過這三處溫泉），可是不嫌其燙。論洗澡是大池子好，你可以舒臂伸腿，轉動身軀，讓熱水輕輕地摩擦你周身的皮膚，同時你享受一種游泳似的快感。在澡盆子裏洗差多了，你只能直僵僵地躺在裏頭讓熱水泡着，兩邊緊緊地挨着，不免有些壓迫之感。這貴妃池雖然不及大池子寬廣，也盡夠自由活動了。我們足足洗了三十分鐘，輕鬆舒快，身上好像剝去了一層殼似的。起來之後倒茶壺裏的水嚐嚐。那是煮過的溫泉水，清淡，沒有甚麼礦質的氣味。

澡洗過了，到夜還有兩點來鐘，我們去看秦始皇墓。起先車順着公路開，後來轉入田地間的小道。一路上多的是柿子樹，柿子承着斜陽顯得更鮮明。沒有二十分鐘工夫就到了秦始皇墓下。那是個極大的土堆，據說地盤有四百畝，原先還要火得多。大略有些像金字塔，緩緩地斜上去，除了土面的草而外，甚麼也沒有。驪山默默地襯托在背面。這一面山上紅葉特別多，山容比華清池那邊望見的似乎更好看。從墓頂往下望，平原上紅柿子宛如秋夜的星星，洋洋大觀。聽說春天是一片桃花和杏花。

秦始皇墓讓古來所謂「發冢⑦」的發掘過好多回了，按《高祖本紀》的記載，項羽是頭一個。他們的目的無非在盜些寶物。往後在研究古代文物的整個計劃之下，這座陵墓該來一回科學的發掘。前些日子在西安的《羣眾日報》上看見一位先生的文章，說這一帶農家常常撿到古磚，又掘到過埋在地下的古時的排水管，發見過還看得清形制的建築結構，等等。猜想起來，發掘該不會一無所獲，或許竟大有所獲，使歷史家、考古家高興得不得了，互相慶幸又得到了可貴的新資料。當然，這只是外行人的想頭，未必有價值。—— 再說句外行話，要是古代通行了火葬，不搞甚麼墳墓，現代的歷史家、考古家至少要短少一大宗重要的憑藉吧。

　　上了車，在小道上開行，忽聽噹的一聲。以為小石子打在鋼板上，沒有事。可是回頭一看，小道上畫了很長的一條，是烏綠的機油。車底盛機油的部分破了。於是停車，司機仰着身子鑽到車底下去檢查。站起來的時候是兩泡眼淚，一隻手盡拍前額，幾乎哭出聲來。小道中間高兩邊低，車底當然接近些地面，車輪子滾過，小石子當然要蹦起來，完全沒有理由怪到他，可是愛護公共財物的觀念叫他淌了眼淚。

　　大家說有甚麼哭的，想辦法要緊。吉普車的那司機說機油漏光了，花生油甚麼的可以代替，油箱的窟窿呢，塞一把土，拿布裹一裹，拴一下，就成了。—— 聽那司機說辦法，我立刻想起在巫山下經歷的事。那一年冬天從重慶東歸，飛

　　⑦　發冢（zhǒng），發掘墳墓。冢，墳墓。

機、輪船全沒份兒，我們六十多人僱了兩條木船。一天黃昏時分歇碚石[8]，攏岸了，一條木船觸着江邊的石頭，船側邊一個窟窿，飯碗那麼大。那時候的驚慌情狀不必細說，幸而沒有事，只灌濕了好些箱籠書籍。你知道管船的怎麼修補那穿了窟窿的破船？一大碗飯，拿塊不知從哪裏撕下來的布一裹，往窟窿裏一塞，再釘上塊木板，第二天早晨就照常開船了。急救治療就有那麼一手。

兩個司機作急救治療去了，我們跟幾個農民商量油的事情。農民們說村裏各家去問問，大家湊一些！不過要六七斤怕湊不齊。一會兒村幹部也來了，問明白之後說：「總得想辦法，保證你們今夜晚回西安。」

太陽落下去了，道旁場上有個四十來歲的農民在收曬在那裏的棉花，一大把一大把地往筐子裏塞。我們跟他攀談，不免問長問短，最後請他說說今昔的比較。他把手在筐子邊上一按，似笑非笑地說：「從前嘛，搞出來的東西人家給拿走了，人還不得留在家裏。現在搞出來的是自家的了，人也能安安心心地留在家裏了。」

他這個話多麼簡括，說出了最主要的。在今年，他那「自家的」裏頭包括新蓋的房子，新買的一頭小牛 ── 他那村子裏有八家蓋了新房子呢。真的事實，親身的體會，甚麼道理都容易搞明白，搞得明白自然能夠簡括地、扼要地說出

───────────

⑧　碚石，嘉陵江心的一塊巨大的礁石，巫峽上有以此命名的小鎮，重慶北碚也由此得名。

來。在社會主義改造完成之後，就是這個農民，今天在這裏一大把一大把往筐子裏塞棉花的，他一定會說：「從前嘛，一家人勤勤懇懇地搞，可是搞不怎麼多，比工人老大哥差得遠。現在大夥兒合起來搞，比從前好多了，我們跟得上工人老大哥了！」

　　湊來的油灌好，汽車開動，已經七點多了。月亮還沒升起來，車窗外的景物都成了剪影。老遠就望見西安第二發電廠煙囪高頭極亮的紅燈，那是航空的安全設備。

一九五三年十二月二十七日作

在西安看的戲

◖ 導讀

　　本文完成於 1954 年 1 月 4 日，刊於《戲劇報》月刊 1954 年
2 月號，後收入《小記十篇》，又收入《葉聖陶集》第 7 卷。作者
在西安看了八回戲，秦腔、河南梆子、新歌劇和皮影戲都看過。
作者不是戲劇專家，沒有從專業角度探討所欣賞的劇碼，只是老
老實實地寫出了一個普通觀眾的觀戲印象，但仍不失為一篇優秀
的散文作品。作者欣賞傳統戲曲，如寫孟遏雲演唱的秦腔：「她的
聲音那麼一轉，一轉之後又像游絲一樣裊上去，你就默默點頭，
認為非那麼一轉裊上去不可。她把一個語音斬釘截鐵地噴出來，
才噴出來就劃然煞住，你就呃呃嘴脣，認為惟有那樣噴出來就煞
住才恰到好處。」對聲音的描寫非常巧妙。再如皮影戲：「那皮
人、皮道具的雕刻工細極了，飾色鮮豔極了，陳列在民間藝術品
展覽會裏準可以列入上選。一切全用繁複的線條畫成，只有人物
的面部很簡單，幾筆勾出了生旦淨丑，當然也有繁複的花臉。」
接着對皮影戲的表演特點和觀看感受進行了詳細而周到的介紹，
而作者對於新歌劇不大喜歡：「就語言方面聽，不如話劇乾脆、爽
利、有實感；就音樂方面聽，不如秦腔、河南梆子的耐人尋味，
經得起咀嚼。」這都是帶着感情在寫，體現了作者的觀戲趣味。
本文在描寫看戲的過程中穿插了對戲曲源流和相關劇碼的介紹，
融知識性、趣味性為一體，是一篇內容豐富、充滿文人情趣和文
化內涵的優秀的散文作品。

住西安不滿二十天，倒看了八回戲，易俗社兩回，香玉劇社兩回，尚友社、西北歌舞劇團、鄜鄠劇團、皮影戲各一回。西安人看戲的興致似乎很高，除了我們看過的幾處以外，還有好些劇團，聽說處處滿座，票不容易買。多數人能夠哼兩句秦腔或河南梆子，廣播也常常播秦腔和河南梆子，喇叭底下聚集着低回不忍去的聽眾。

西安的戲院可以說屬於舊形式。長方形，直裏比橫裏長。長條椅一排排地正擺，擠得比較緊，兩旁邊欄杆以外也容納觀眾，那是偏着身子站着看的，票價特別便宜。房屋不怎麼講究，有幾座用席頂棚。易俗社舞台沿的上方仿敦煌壁畫畫兩個大型的飛天，回身凌空，彩帶飄拂，比隨便畫些圖案好看多了。用飛天作舞台的裝飾，在別處還沒見過。

聽說一九五四年要修一座戲院，當然是新式的，設計的時候一定會考慮到怎樣讓買便宜票的也有座位。

在易俗社看兩回秦腔，一回是整本戲[①]《遊龜山》[②]，一回是六個單出戲[③]。戲都演得認真，排在前頭的單出戲也沒有從前戲院的習氣，有氣沒力，敷敷衍衍，只顧陪着觀眾消磨時間。演員的地位和認識提高了固然有關係，另外的原因恐怕是觀眾老早到齊，一開場就坐得滿滿的，不像從前有些人那樣直到末了兒一兩出上場的時候才來，表示他們除了頭牌

① 整本戲，完整的一本戲，又稱全本戲。
② 《遊龜山》，秦腔代表劇種，1932年由西安易俗社首演。
③ 單出戲，可單獨演出的戲，一般規模較小，出現人物少，但結構完整，自成體系。

的名角而外不屑一顧。既然有那麼些人要看，而且是真心誠意地要看，就是戲排在前頭，又怎麼能草草了事？

小時候聽秦腔，現在光記得賈碧雲④的《陰陽河》和《紅梅閣》⑤。賈碧雲是京劇角色，帶唱秦腔，當時很有些聲名。只覺得那聲音高亢極了，刺耳的胡琴和梆子之外就只是那麼咿咿呀呀的，越頓越高，越頓越高，完全聽不清唱些甚麼。不知道甚麼緣故，現在聽秦腔不覺得那麼高亢了，胡琴和梆子也不刺耳，演員唱得好，口齒清楚，我可以聽懂七八成，唱得差的，也有三四成。

沒有戲單，掛在兩旁的黑板上寫着白粉字 —— 戲名和演員名，因而很難記住誰扮演誰。我光記住了一位女演員的名字，孟遏雲，因為近旁的觀眾都在輕聲屏氣地說這個名字，她的演唱特別引人注意，還有我左手邊一位老太太帶着歎息的調子說，她今晚來看戲就為看這個孟遏雲。

外行人不能說內行話，況且唱歌是聲音的事情，用語言來描摹很難見效，往往描摹了一大堆，人家還是捉摸不到甚麼，我也不預備描摹了。我只覺得孟遏雲的聲音有天分又有訓練，訓練達到了極端純熟的境界，能夠自由操縱，從心所欲，隨時隨地恰當地表達出劇中人的感情，因而她的唱有風格，有自己的東西，雖然別人唱起來，唱詞和曲譜也全都是

---

④　賈碧雲（生卒無考），上海男旦，京劇名伶，曾與梅蘭芳並稱為「南賈北梅」。

⑤　《陰陽河》和《紅梅閣》皆為秦腔劇目。《陰陽河》講述了山西商人到陰間尋妻的故事；而《紅梅閣》講述了李慧娘死後變鬼復仇的故事。

那麼樣。聽她一句一句唱下去，你心中再不起旁的雜念，光受她的唱的支配。她的風格含着種種味道，領略那味道是一種愉快、一種享受，你惟恐錯過了一絲半毫的愉快和享受，哪還有工夫想旁的？—— 她的聲音那麼一轉，一轉之後又像游絲一樣裊上去，你就默默點頭，認為非那麼一轉裊上去不可。她把一個語音斬釘截鐵地噴出來，才噴出來就劃然煞住，你就咂咂嘴脣，認為惟有那樣噴出來就煞住才恰到好處。這裏所謂「認為」並非思維活動，簡直是不意識，不過耳朵裏感覺順適，心裏感覺舒服罷了。我們看了好的書畫、精美的雕刻，同樣會感覺到那種順適和舒服。凡是藝術作品，合乎規格，又不僅合乎規格，還有獨自的風格、獨自的味道的，都能叫人感覺到那種順適和舒服。—— 我說了這麼些話並沒有傳出孟遏雲的唱的好處，這是沒有辦法的事，要領略好處怕只有用耳朵去聽。我很想聽聽內行家的意見，不知道內行家對於孟遏雲的唱怎麼說。至於她的演技，我不再多說外行話了，總之，妥帖，老到，全身有戲，隨時是戲。在《遊龜山》裏，她演江夏縣的太太，又一回她演《探窯》[6] 裏的王寶釧。《探窯》尤其酣暢淋漓。

常香玉[7] 的河南梆子，我看過她的《斷橋》。她也有她的風格，能把感情充分地發揮。白娘娘的愛戀、怨恨、悲

---

[6] 《探窯》，講述王寶釧與薛平貴的故事。其中王寶釧苦守寒窯十七年的情節非常經典。

[7] 常香玉（1922—2004），著名豫劇表演藝術家。其代表作《花木蘭》等，皆為大家耳熟能詳。

痛，聽了她的唱似乎可以把實質給抓住。這回看了她的《花木蘭》，印象當然也挺好。我的一位朋友發表他的「讀後感」，他說《花木蘭》的道白、做工似乎過於京戲化了，減少了河南梆子的本色——某一劇種的某些本色應該保留還是改掉，該多保留還是少保留，是戲劇工作裏值得討究的題目。他又說花木蘭勝利之後帳前獨唱的時候，如果有個舞蹈場面，戲也許更出色些，外行人不能下甚麼判斷，願意把朋友的意見記下來，供香玉劇社參考。

巧得很，在易俗社看了《拷紅》[8]，在香玉劇社也看了《拷紅》。易俗社的《拷紅》，飾紅娘的是一位男角——很抱歉，沒有記住他的姓名，一出場就看得出他是個守着舊典型的。所謂舊典型就是傳統的規範，一舉一動，一顰一笑，全有程式，可是他能不讓程式拘住，把程式演活了，於是觀眾面前出現一個活潑伶俐、隨機應變的小紅娘。我想，我國各種舊戲都有它的程式，凡是成功的演員都是把程式演活了的——不知道這樣說是不是切當。香玉劇社的《拷紅》，老夫人、鶯鶯、紅娘、張生四個角色銖兩悉稱[9]，彼此配合得挺緊湊，一個在那裏唱呀說的，跟另外一個或幾個息息相關。這一層不太容易做到，可是觀眾愛看的是整台的戲，不是一個角色演戲，另外一個或幾個只在旁邊坐一坐，站一站，為了滿足觀眾的要求，演員當然應當盡力做到這一層。

---

⑧　《拷紅》，《西廂記》的一出。講述崔鶯鶯的母親察覺了女兒與張生的私情，對紅娘嚴刑拷打，追問實情的情節。

⑨　銖兩悉稱（chèn），形容兩方面輕重相當或優劣相等。

沒有戲劇源流的知識，不知道秦腔和河南梆子的關係怎麼樣。推想起來，該是近房兄弟吧。不然，為甚麼西安人喜愛河南梆子那麼強，只望香玉劇社老留在西安？——再說，陝西跟河南接壤，一在關內，一在關外，地理上的關係也實在密切。據我想，這兩種戲劇，還有其他幾種地方戲，有個共通之點，就是唱句的音樂性很夠味，可是聽起來還是語言。音樂性夠味，所以熟極的戲也願意再去聽一聽，聽那歌唱，聽那演員的獨自的風格——當然指有風格的而言。聽起來還是語言，所以聽歌唱同時領略戲的細微曲折，比較單就音樂方面聽，感受更見深切。在我國各種戲劇裏頭，音樂性夠味可是聽起來幾乎不成語言的，該數昆曲裏的南曲了——北曲好一些。固然，曲詞多用文言詞藻，造句又屬濤詞一路，那是不容易一聽就明白的一個原因。可是，更重要的原因在每唱一個字裊呀裊呀地轉折太多了，叫人家光聽見一連串的工尺上四合⑩。就是能唱的曲家，要是請他聽一支生曲子，恐怕除了一連串的工尺上四合也領略不多吧。曲詞明明是語言（詩詞一路的語言），可是聽起來只是一連串的工尺上四合，不成語言。在戲曲界「百花齊放，推陳出新」的今天，各種劇種都在那裏發展呀改革的，情形熱鬧非凡，可是昆曲只有抱殘守缺的份兒，道理也許就在這裏。京戲旦角的某些唱段，我聽起來也有一連串工尺上四合之感，就是說不知道說些甚麼，雖然覺得悅耳。我聽秦腔和河南梆子就

名家散文必讀系列 · 葉聖陶

⑩　工尺上四合，過去戲曲演唱中的一種旋律模式。

不然，一方面居然能欣賞唱的好處，另一方面又能聽清它的語言，欣賞就包括戲劇的內容，不僅在音樂。凡有這個特徵——音樂性夠味，可是聽起來還是語言——的歌劇，我想，前途都是光明的、樂觀的。甚麼根據呢？——根據就在我能夠接受，非但能夠接受，還能夠欣賞，而我呢，至少可以代表一大部分並不內行可是喜歡看戲的觀眾。

　　看了西北歌舞劇團的《小二黑結婚》[11]，我就想到一部分新歌劇似乎還沒有前邊所説的特徵，唱詞配了音樂，當然不像話劇那樣，句句跟實際生活裏的語言一致；而那音樂，不知道甚麼緣故，又不像秦腔和河南梆子那樣，能使有天分的演員唱成獨自的風格。於是，就語言方面聽，不如話劇乾脆、爽利、有實感；就音樂方面聽，不如秦腔、河南梆子的耐人尋味，經得起咀嚼。有些新歌劇，我們看過一回，知道有那麼一回事就算了，再不想看第二回，原由恐怕在此。新歌劇正在成長的階段，得從各方面努力，是不是該在爭取我聽説的特徵上多注點意，希望戲劇界考慮。

　　現在談皮影戲。我們看的全本《火焰駒》。皮影戲各個登場人物的唱詞、道白大部分由一個人擔任，只有少數幾處由另外一個人搭配。唱的甚麼調我不知道，似乎屬於「説唱」一路。

　　那皮人、皮道具的雕刻工細極了，飾色鮮豔極了，陳列

---

⑪　《小二黑結婚》，中國當代作家趙樹理（1906－1970）的成名作，講述了邊區農村青年小二黑和小芹爭取婚姻自主的故事，曾被改編成多種地方戲和曲藝形式。

在民間藝術品展覽會裏準可以列入上選。一切全用繁複的線條畫成，只有人物的面部很簡單，幾筆勾出了生旦淨丑，當然也有繁複的花臉。生的袍服、旦的衣裙……全有圖案花紋。一張桌子，一把椅子，也不厭其煩地盡量細雕，好像紅木作裏製成的精製品。小到一把扇子（要知道皮人只一尺來高，可以想像扇子多大了），並不剪成扇形就算，還要把它鏤空，讓扇面上有畫。有幾幅佈景，那花叢全用工筆，那假山有宋元人畫山石的意味，又古茂，又豔麗。

沒看過皮影戲的也許不大明白那是怎麼回事，現在大略說幾句。可以拿傀儡戲作比方，傀儡戲是傀儡演戲，皮影戲是皮人演戲，舉止行動同樣由藏在背後的人操縱。不過皮人不像傀儡那樣成個立體的形象，那是皮雕成的，只是一片，而且是側影的一片，不朝左就朝右。後面亮着燈光，活動的皮人的影子映在垂直張掛的白布上，觀眾在白布前面就可以看戲了。

我們看戲、看傀儡戲都在台前看，看正面。舞台有深度，因而有遠近。元帥升帳，他的位置距離我們遠些，帳前兩旁站着四將，距離我們近些。看皮影戲可不然。我們雖然坐在白布前面，實際上等於坐在舞台側邊，只能看個側面。無所謂遠近，側形的皮人全在一個平面上活動 —— 一個平面就是那垂直張掛的白布。

看皮影戲得在意想中「除外」一些形象。換句話說，有些影子你得當作沒看見。要讓皮人的身軀跟四肢活動，不能不用幾根細木籤支使它，細木籤的影子不能不映在白布上。要是不在意想中當作沒看見那些細木籤的影子，就覺得場面

上的人物牽牽掛掛的，很不順眼。還有，皮人本來朝左，一會兒要它朝右，這只有一個辦法，把它翻轉來。翻轉來當然很快，真可以說「一剎那」，在「一剎那」間，側面的人形成了稀奇古怪的形象。那稀奇古怪的形象也得「除外」，當作沒看見，意想中只當它朝左的人物慢慢地轉過身來朝右邊。還有，皮影必須貼着白布，輪廓和線條才顯得清楚，色彩才顯得鮮明。可是，皮人究竟拿在人的手裏，總不免有些時候離開白布些，於是輪廓和線條朦朧了，色彩模糊了。那時候你最好閉一閉眼睛養養神，待皮人貼着了白布再看下去。

這些全是特質的條件的限制，既然要讓「只是一片」的皮人演戲，就沒法超越這些限制。我們只要想一想，所有登場的皮人全都由一個人的兩隻手操縱，居然可以演出整本的戲，摹仿真人的活動相當到家，也就不會有甚麼苛求了。

一個唱的，一個操縱皮人的，三四個奏音樂的，大概五六個人就可以搞一個皮影戲的班子。這樣地簡單，旁的戲班子無論如何趕不上。跟傀儡戲比起來似乎差不多，可是皮人比傀儡輕巧多了。在無戲可看的地區，皮影戲靠它的簡單，四出流動，滿足羣眾的需要。現在戲劇的供應已經比較普遍，今後更將普遍，僻遠的農村也可以看到話劇、歌劇。我想，在換換口味的意義之下，那時候皮影戲還會是羣眾所喜見樂聞的。

一九五四年一月四日作

登雁塔

◖ 導讀

　　本文刊於《新觀察》第 4 期（1954 年 2 月 16 日出版），後收入《小記十篇》，又收入《葉聖陶集》第 7 卷。

　　雁塔，即大雁塔，相傳是玄奘從印度取經回來後，專門譯經和藏經之處。大雁塔在陝西省西安市城南大慈恩寺內，因仿印度雁塔樣式修建而得名，被譽為全國塔樓之首，人們常常把它當作古都西安的象徵。歷來描寫雁塔的詩文非常多，像杜甫的「高標跨蒼穹，烈風無時休」，岑參的「塔勢如湧出，孤高聳天宮」等。如何在眾多的文學作品中勝出一籌，這是相當困難的事。

　　本文標新立異，不追求老老實實地遵循傳統遊記的寫作方法，按照遊覽順序，寫出所見所聞，但作者融入了兩種獨特的因素。一是時代色彩，如寫曲江「新時代的盛況」：「這邊是一隊少年先鋒隊在且行且唱，那邊是一批工人在閒步眺望，機關裏的男女幹部，鄉村裏的小姑娘、老太太，結伴而來，興致挺好，笑語嘻嘻哈哈的，腳步輕輕鬆鬆的。」二是個人色彩，像寫自己在攀登大雁塔的過程中的一些感觸，例如不喜歡看題名詩，對於佛像圖、褚遂良碑非常感興趣，一步一步往上爬、不服老的精神等。這兩種因素的融入，使得本篇在眾多的大雁塔詩文中獨具一格，成為個性比較鮮明的作品。

　　雁塔在西安城外東南面。那天上午十點，我們出西安南門往雁塔。遠遠望見好些正在興修的建築工程，木頭構成的工作架跟林木相映襯。聽說這些全是文教機關的房屋，西安南郊將來是個文化區。沒打聽究竟是哪些文教機關，單知道其中有個體育運動場，面積七百多畝，有田徑賽場、各種球場、風雨操場、滑冰場，游泳池，可以容納觀眾十萬人以上——規模夠大了。

　　在以往歷史上，有沒有一個時期像今天這樣在全國範圍內搞基本建設的？——且不說工礦方面的基本建設，單說機關、學校、公共場所的興修，修成之後將在那裏辦理人民的公務，培養少年，青年乃至成人，使他們具有堪以獻身的精神體魄，像今天這樣的情形在以往歷史上有過沒有？我不曾下工夫查考，可是我敢於斷定不會有。我這個斷定從以往社會的性質而來，那時候無非興修些帝王的宮殿、公侯的第宅、貴介①的別墅。或者地主富商修些房子自己住，租給人家收租錢，等於放高利貸，再就是勉強過得去的人家搭這麼三間兩間聊蔽風雨。除此而外，哪兒會有為了羣眾的利益招工動眾，大規模地興修房屋的？

　　這麼想着，不覺雁塔早已在望。原地頗有高下，可是坡度極平緩，車行不感顛簸。不多久就到了勝塔所在的慈恩寺門前。

　　進門一望，只覺景象跟一般寺院不大一樣。殿宇亭台

①　貴介，指尊貴、富貴者。

不怎麼宏大，空地特別寬廣，又有栽得很整齊的林木、蒙絡蔭翳[②]的灌木叢、略有丘壑之勢的小土丘，樹蔭之下立着好些個埋葬僧人的小石塔，形制古樸有致。這就成個園林的佈置，佛殿只是整個園林的一個組成部分，不像杭州的靈隱寺那樣，一進門只見迴廊、大殿、經院、僧房，雖然並不逼仄[③]，總叫人感覺不太舒暢。多數寺院都屬於靈隱寺一派，而這個慈恩寺彷彿一座園林，我說它跟一般寺院不大一樣就在此。這寺院當然不是唐朝的舊觀，可是眼前的這個佈置盡夠叫人滿意了，何況單提慈恩寺這個名字就叫人發生歷史的感情。這是玄奘法師翻譯佛經的場所，寺裏的雁塔是玄奘法師所倡修，玄奘法師那樣堅苦卓絕地西行求法，那樣絕對認真地搞翻譯工作，永遠是中國人的驕傲，永遠是中國人的一種典範，誰信佛法誰不信佛法並沒關係。

台階兩旁立着好些題名碑，題名的是明清兩朝鄉試中舉的人。唐朝有新進士雁塔題名的故事，後代人似乎非摹仿一下不可，可是京城不在西安，新進士不會在西安會集，於是輪到新舉人。寫篇記，刻塊碑，把名字附上，也算表示了他們的顯榮和雅興。看那些記文，説法都差不多。本來就是那麼一回事，題材那麼枯窘，有甚麼新鮮的意思好説的？——我們不耐一一細看，我們登雁塔要緊。

雁塔在慈恩寺的後院。不知道實測究竟有多高，相傳是

② 蒙絡蔭翳（yì），蒙絡，蒙益連接，籠罩。蔭翳，因枝葉繁盛而遮蔽。
③ 逼仄（zè），狹窄。

三百尺，聳然立在那裏。塔作方形，共七層，一層比一層縮進些，叫人起穩定之感。每層每面有個拱形的門框。最下一層的門框是進塔去的過道，東南西北四面都可以進去。從第二層起，四面門框全裝柵欄，遊人可以靠着柵欄眺望。我們從南面的拱門進去，走完過道，塔中心空無所有，只靠牆架着兩架扶梯。扶梯作直角的曲折，幾個曲折才到第二層。猜想所以架兩架扶梯之故，一來是遊人多的時候可以分散些，二來是最下一層地位寬，容得下兩架扶梯，兩架扶梯之外還大有迴旋餘地，你看，從第二層起就只一架扶梯了。

杜工部[4]《同諸公登慈恩寺塔》詩中有「仰穿龍蛇窟，始出枝撐幽」的句子，寫的正是從最下一層往上爬的印象。那裏過道比較深，進去的光線不多，驟然走進去尤其覺得昏暗。於是杜老想像這麼昏暗的所在該是龍蛇的窟穴吧。到了第二層，光線從四面而來，就覺得豁然開朗，出了「幽」境——「枝撐」指塔內的木材構築。

第二層齊扶梯的頂鋪地板，以上五層都一樣。有了這地板，才可以走到拱門那裏，愛望哪一面就往哪一面，又可以歇歇腳，透透氣，再往上爬。要是沒有這地板，扶梯接扶梯一直往上，且不說沒法從從容容地眺望一番，開開眼界，就是從下朝上、從上朝下望望，那麼一個又高又空的塔中心，那麼些曲折不盡的扶梯，就夠叫人目眩心驚腿軟的了——

---

④　杜工部，即杜甫（712—770），唐代著名詩人，曾做工部員外郎，故又稱杜工部。

地板穩定了遊人的情緒，無論在哪一層，彷彿在一間樓房裏似的。

同伴說我力弱，不必爬到第七層，爬這麼兩三層就可以了。我也想，如果要勉強而行 —— 而且是過分地勉強，那當然不必。可是我升高一層歇一會兒，四面望望，再升高一層，雖然呼吸不怎麼平靜，心跳越來越強，兩條腿越來越重，總還覺得支持得下，沒有甚麼大不了，結果我居然爬上了第七層。可以說是勉強而行，然而不是過分地勉強。在某些場合 —— 比遊覽重要得多的場合，只要意志堅強，有時候連過分地勉強也有所不避，勉強讓意志給克服了，也無所謂勉強了。

在最高一層四望，因為天氣濃陰，空中浮着雲氣，只覺一片混茫，正如杜老詩中所說的「俯視但一氣」，南面既望不見終南山，朝西北望，貼近的西安城市也小太清楚。至於杜老所說的「七星在北戶，河漢聲西流」，那根本是想像，並非他登塔當時的實景。我們未嘗不可以作同樣的想像，這麼想像就好像我們自身擴大了，其大無外的宇宙也不見得怎麼大似的。

一層一層下去當然比上來容易，可是每下一層也得歇一歇，免得頭昏眼花。出了最下一層的拱門，我們坐在台階上休息。坐不久又不免站起來看看，原來拱門內過道的石壁上全是刻字，起初擠在遊人叢中急於登塔，竟不曾留意。刻的大多是詩篇，各體的詩，各體的書法，各個朝代的年號，還有各個風雅的題壁人的名字。這且不說，單說一點。後代的題壁人見壁上早已刻滿，再沒空地位，就把自己的文字刻在

前代人的題壁上，你小字，我大字，你細筆畫，我粗筆畫，
總之，抹殺你的，光有我的。這樣強佔豪奪的風雅，未免風
雅過分了。

　　最下一層四面拱門的門楣上都有石刻畫，我以為最值得
細看。刻的是佛故事，人物和背景全用細線條陰刻[5]。依我外
行人的見解，細線條的畫最見功夫，你必須在空白的幅面上
找到最適當最美妙的每一條線條的位置，絲毫游移不得，你
的手腕又必須恰好地描出每一條線條，絲毫差錯不得，太弱
太強也不成。所以畫家必須先在心目中創造完美的形象，又
有得心應手的熟練技巧，才能夠畫成細線條的好作品。最近
故宮博物院佈置繪畫館，在第一陳列室的正中間掛一小幅敦
煌發現的唐朝人的佛像圖，全用細線條，我看了很中意。現
在這門楣上的石刻畫，可以說跟繪畫館的那一幅同一格調、
同一造詣。雁塔經過幾次重修，連層數也有所改動，建築材
料當然有所更換，可是一般相信底層沒大動，門楣石該是唐
朝的原物，石上的圖畫該是唐朝人的手筆。這就無怪乎跟敦
煌保藏的唐畫相類了。據梁思成[6]先生《敦煌壁畫中所見的
古代建築》那篇文章，西面門楣上的畫以佛殿為背景，精確
地畫出柱、枋、斗拱、台基、椽簷、屋瓦以及兩側的迴廊，

---

[5]　陰刻，篆刻的一種手法，陰刻為凹形狀，即把想要表現的圖畫、圖案
　　等以凹下去的形式表現出來。

[6]　梁思成（1901—1972），中國著名建築史家、建築師，近代著名政治
　　活動家、啟蒙思想家梁啟超（1873—1929）之子。一生致力於保護
　　中國古代建築和文化遺產。

是極可珍貴的建築史料，可以窺見盛唐時代的建築規模。

　　南面拱門兩旁各陳列一塊褚遂良[7]寫的碑。石壁凹陷進去，砌成龕形，碑立在裏面，前面裝柵欄，使遊人可望而不可即。一塊是唐太宗所撰的《大唐三藏聖教之序》，一塊是唐高宗所撰的《大唐三藏聖教序記》──這塊碑從左往右一行一行地寫，有些特別，用意在跟前一塊碑對稱，成為「合歡式」。褚遂良的書法不用説，單説那碑石經歷了一千四百年，文字還很完整，筆劃還有鋒稜，可見石質之堅致。西安好些古碑大都如此，大概用的「青石自藍田山」的青石吧。向來玩碑的無非揣摩書法，考證故實，注意到碑額、碑趺[8]和碑旁的裝飾雕刻是比較後起的事情。其實好些古碑的裝飾雕刻盡有好作品，大可供研究雕刻藝術的人觀摩。就是這兩塊褚碑，兩邊的蔓草圖案工整而不板滯，已經很夠味了。碑趺的天人舞樂的浮雕尤其可愛。那是浮雕而超乎浮雕，有些部分竟是凌空的立體。雕刻不怎麼工細，可是人物的姿態極其生動，舞帶迴環，彷彿在那裏飄動似的。兩碑雕的都是一個舞蹈的在中間，奏樂的分在兩邊（一塊上是奏管樂，一塊上是奏弦樂），兩兩對稱，顯出圖案的意味。碑額雕的甚麼，可恨我的記憶力太差，記不起了，只好不説。

　　曲江池在慈恩寺東面不遠。曲江池這個名字在唐朝人的詩裏見得很多，其地既然近在眼前，我們應當去看看。

---

⑦　褚遂良（596—659），唐朝著名書法家。

⑧　碑趺（fū），碑下的石座。

一路上陂陀 [9] 起伏，車時而上行，時而下行 —— 所謂黃土平原原不像操場、運動場那樣平。在比較高的地點眺望，只見四面地勢高起，環抱着一塊低窪地，田畝而外就是樹林，雖然時令在秋季，濃陰籠罩着茂密的林木，倒叫人發生陽春煙景的感覺。我們知道這就是所謂曲江池了。曲江原是個人工池，水是滻河的水，唐玄宗開元年間引過來的。到唐朝末年，大概是通道阻塞了，池就乾了，變為田畝。

在盛唐時代，這曲江池四圍盡是公侯第宅，樓台亭榭大多臨水，花柳相映，水光明澈，繁華景象可以想見。曲江池又是當時長安人遊樂處所，逢到三月上巳 [10]、九月重陽，遊人尤其多，不論貧富貴賤，大家要來應個景兒。池中蕩着彩船，堤上擠着車馬，做生意的陳列着四方貨品，走江湖的表演着各種雜技，吹彈歌唱，玩球競馬，凡是享受取樂的玩意兒，在這裏集了個大成。又因當時河西走廊暢通，文化交流極盛，形形色色都攙雜着異域的情調和色彩，更見得這裏來湊個熱鬧可喜可樂。—— 照我猜想，當時情形人慨跟《彼得大帝》影片裏的某些場面相仿，逢到節日良辰，皇帝、貴族還肯跟庶民混在一塊兒尋歡取樂，不擺出肅靜回避、容我獨享的臭架子。按封建時代說，這就很不錯了。

至於現在，遊了慈恩寺、登了雁塔的，多半要來曲江池走走，慈恩寺和曲江池自然聯成個沒有名稱、沒有圍牆的

---

⑨　陂（bēi）陀，山坡、小土堆。

⑩　上巳（sì），中國漢族古老的傳統節日，為農曆的三月三日。多在上巳這一天去水邊修禊、沐浴。

公園。這是個普通的星期日，而且天氣陰沉，可是曲江池遊人盡多。這邊是一隊少年先鋒隊在且行且唱，那邊是一批工人在閒步眺望，機關裏的男女幹部，鄉村裏的小姑娘、老太太，結伴而來，興致挺好，笑語嘻嘻哈哈的，腳步輕輕鬆鬆的。幾年以來，大家已經養成習慣，工作的日子出勁工作，休假的日子認真玩樂。郊外既然有這麼個好所在，誰不愛來走一走、樂一樂？一條馬路正在修築，從城裏的解放路（東半邊的南北幹路）直通雁塔，城裏人出來更方便了。一方面體育運動場也快完工。將來逢到四野花開的時節，春秋晴朗的日子，或者運動會舉行的期間，城裏人必將傾城空巷而出，鄉裏人也必鬧鬧擠擠地出來享受他們的一份兒。這樣的盛況是可以預想的。既有這新時代的盛況，封建時代的盛況也就沒有甚麼可以留戀了。

曲江池附近有一道陷落五六丈的土溝，王寶釧的「寒窯」就在溝裏。王寶釧原是「亡是公」、「烏有先生」⑪一流人物，她的「寒窯」當然在「無何有之鄉」，可是偏有人要指實它，足見戲劇影響社會之深。舞台上既然演《別窯》和《探窯》，那「寒窯」怎能沒有個實在地點？——《寶蓮燈》⑫裏有劈山救母的故事，就有人在華山上指明斧劈的處

---

⑪ 「亡是公」、「烏有先生」出自西漢文學家司馬相如（約前179—前127）的《子虛賦》，意即為子虛烏有的人物。

⑫ 《寶蓮燈》，傳統劇目，講述了天帝之女三聖母與人間書生劉彥昌之子、少年沉香盜取寶蓮神燈，在其指引下劈開華山救出被壓在山底下的母親的事。

所（這是聽人說的，並未親見），理由也在此。我們走下土溝去看，原來是個小小的廟宇，中間供泥塑女像，上面掛「有求必應」的匾額，王寶釧成了神了。身份雖然改變，實際還是一樣 —— 神不是也屬於「亡是公」、「烏有先生」一流嗎？ —— 廟宇實在沒有甚麼可看，倒是廟門前的兩棵白楊值得賞玩，又高又挺拔，氣概非凡。回到原上看，那兩棵白楊的上截高過原面一丈左右。

一九五四年一月二十一日作

榮寶齋的彩色木刻畫

◖ **導讀**

　　本文刊於《新觀察》第 10 期（1954 年 5 月 16 日出版），
又刊於《人民中國》第 17 期，後收入《葉聖陶集》第 5 卷。

　　榮寶齋迄今已有三百餘年的歷史，是馳名中外的老字號，主
要經營中高檔的書畫藝術品和文房四寶。榮寶齋珍貴的書畫作品
等收藏特別豐富，有「民間故宮」的美譽，是知識分子嚮往和喜
愛的好去處。葉聖陶的長子葉至善説：「我父親對手工業製品很
感興趣，曾經想寫一組文章，把每種手工業品的製作過程記錄下
來；結果只寫了兩篇。」這兩篇即與後文收入的《景泰藍的製作》
本文。

　　本文先介紹彩色木刻畫，這是中國非常有名的傳統工藝，極
具文化意蘊和文人雅致。本文重點在介紹榮寶齋工場中彩色木刻
畫的製作方法與技術。無論是刻板子，還是選擇紙張、顏料，以
及具體的印刷過程，都十分講究，操作起來也比較複雜。這樣製
作出的彩色木刻畫，正如作者所説：「不但是上好的工藝品，而且
是比原畫毫無愧色的藝術品。」

　　傳統中國有很多精雕細刻的工藝品，有很多手藝精湛的工
匠，但隨着人們生活節奏的加快以及外來生活方式和習慣的衝
擊，很多手工匠後繼無人，很多傳統手工藝瀕臨絕滅，不能不令
人感歎唏噓。

所謂彩色木刻畫就是用木刻套印的方法印成的畫幅，人物、花鳥、山水⋯⋯差不多跟中國畫畫家筆下的真跡一模一樣，我家裏掛一幅新羅山人的花鳥畫，一塊石頭前伸出一枝海棠，三個紅胸鳥停在枝上，上下照應，瞧那神氣正在那裏使勁地叫。朋友們見了，有的說這一幅畫得好，有的不言語，只是默默地觀賞，也許還在那裏想怎麼我也收藏起名家的作品來了。等我說明這是彩色木刻畫，榮寶齋的出品，他們都不期然而然地吐出一聲「啊！」——這「啊！」裏頭含着驚奇、不相信的意味。可見彩色木刻畫簡直可以「亂真」了。

在十六世紀，我國就有彩色木刻畫，多半印在詩箋上。詩箋是二十多公分高的小幅，聽名稱就可以知道它的用處。文人作成詩，總愛寫給朋友們看看（那時候還沒有報和雜誌，也就沒有投稿發表這回事），或者那首詩是特地贈給誰的，更非寫錄不可。把精心結撰的詩篇寫在印着彩色畫的詩箋上拿出去，當然比寫在白紙上漂亮得多。

詩箋也拿來寫信。要是按實定名，寫信的該叫信箋。信稿起得好，又是一手好字，寫在印着彩色畫的信箋上，可以使受信人在了解實務、領略深情以外多一分享受。

近年來我國送些出版物到國外去展覽，其中有箋譜。也許「箋譜」這個名稱確實不容易翻，就翻成「畫集」。「集」跟「譜」固然可以相通，都是「匯編」的意思。可是「箋」是詩箋和信箋，表示一定的用途，只因箋上有畫就管它叫「畫」，不免引起誤會。為了解除誤會，我特地在這裏提一下。

詩箋、信箋上印彩色畫，彩色畫有各種各樣的畫法，印起來有容易有難。譬如一幅花卉，花朵、葉子、枝條全用墨色線條勾勒，花朵着紅色，葉子着綠色，枝條着棕色，只要按色分刻四塊板子——墨色、紅色、綠色、棕色各一塊——套印就成，那比較容易。花鳥畫還有所謂「沒骨法」，不用線條勾勒，只用彩色漬染，譬如畫一張荷葉，綠色有濃有淡，有些地方用濕筆，綠色從着筆處稍微溢出，有些地方用枯筆，顯出好些沒着色的條紋，這要印出來就比較難。可是印造詩箋、信箋的摸索出一套方法，練成一套技術，也能夠照樣辦到，總之，原畫怎麼樣就印成怎麼樣。咱們現在看榮寶齋仿造的《十竹齋箋譜》，裏頭就有用這樣的印法的。《十竹齋箋譜》的原本在崇禎十七年[①]出版，還是十七世紀中段的東西呢。

　　我小時候喜歡從紙店裏買些詩箋玩兒，都是線條畫，套印不過兩包。這個東西跟文人有緣，大概文人比較多的地方就有。一般人既然不作詩，寫信又沒有甚麼講究，當然用不着這種畫箋。北京地方印造這種畫箋的最多，理由很容易了解，不用多說。據朋友告訴我，清朝末年有懿文齋、松古齋，秀文齋、寶文齋、寶晉齋、萬寶齋、松華齋、榮祿堂、翰寶齋、翰雅齋、彝寶齋、清祕閣這麼些家，出品都是單色的。還有一家松竹齋最出名，有二百多年的歷史，庚子事變的時候倒閉了，後來改組成榮寶齋。現在榮寶齋經過改造，

---

① 崇禎十七年，公元 1644 年，明朝於這一年滅亡。

已經是國營的企業。

　　榮寶齋印過翁同龢[②]畫的梅花屏四條，又仿造過詒王府的彩色角拱花箋，很有名，後來漸漸印箋譜，仿造的《十竹齋箋譜》是出色的成績。最近多印冊頁、條幅，冊頁有《現代國畫》、《敦煌壁畫選》、沈石田[③]的《臥遊》畫冊……條幅有方才說的新羅山人的花鳥畫，有齊白石先生、徐悲鴻先生的作品，全是木刻套印的。冊頁比詩箋大三四倍，條幅更大了，新羅山人的那一幅，高一公尺二十六公分，寬四十一公分半。可見榮寶齋的新的努力是使彩色木刻畫向大幅發展。

　　我參觀過榮寶齋的工場，現在據參觀所得，談談彩色木刻畫的製作方法和技術。

　　得從版子說起，有了版子才可以印刷。刻版子先得描底稿。像方才說的花朵着紅色、葉子着綠色、枝條着棕色的畫，只要照原畫分色勾描，原畫有幾色，描成幾張底稿就成了。勾描用映寫法，就是拿半透明的薄紙蒙在原畫上，看準原畫用細線條勾描。至於用彩色漬染的畫，一個顏色裏有濃淡，一個地方着好幾色，或者還有濕筆、枯筆，那麼分析版子就是大工夫。不明白畫理沒法下手，還得熟悉印刷的技術。設計的人從畫理和印刷的技術着眼，認定哪兒的濃淡得

---

② 翁同龢（hé）（1830—1904），晚清政壇的重要人物，曾擔任光緒皇帝的老師。亦為當時著名書畫家、詩人。

③ 沈石田，即沈周（1427—1509），號石田，明代傑出畫家，與唐伯虎、仇英、文徵明合稱「吳門四才子」。

分刻幾塊版子，哪兒的幾色可以合用一塊版子，哪兒的濕筆只要印刷的時候使些手法就成，然後分別勾描。勾描是極細緻的工作，描得進一線出一線就走了樣，張張底稿描得準確，位置不差分毫，印起來才套得準。一幅彩色不怎麼繁複的畫，至少也得分別描成六七張底稿。這還是就冊頁說。至於條幅，高度在一公尺以上，即使上方和下方有些部分彩色完全相同，可是印刷條件有限制，不能夠同時印刷，也得分別描成幾張底稿。譬如一幅花卉，上方的、中部的、下方的一部分葉子都是淡綠色，彩色雖然相同，也得描成三張底稿，刻成三塊版子，分三次印刷。像我說的新羅山人的那幅花鳥畫，勾描下來分成四十九張底稿，刻成四十九塊版子，印刷的次數還要多，因為有些版子要印兩次或三次。看起來那麼雅淡簡潔的一幅畫，不知道底細，誰也不會相信製作的手續是這麼繁複的。

方才說拿薄紙蒙在原畫上勾描，描出來自然跟原畫一樣大小。也可以改變原畫的大小，讓印成的畫幅比原畫小些或者大些。這要依靠照相。照相把原畫縮小或者放大，然後依據照片勾描，原畫放在旁邊隨時參考。印造彩色木刻畫全部是手工，只有在這個場合才利用現代的機械。

分別描成底稿，隨後的工作就是刻版子。底稿反貼在刨平的木板上，跟刻書一樣，刻成的版子是反的。木板是杜梨木，木質堅實勻淨。我國木刻向來用杜梨木和棗木，所以「梨棗」成了木刻的代稱。

工人刻版子的時候，右手握着刀柄，左手的拇指和食指幫着推動刀尖，那麼細磨細琢地刻劃着。原畫放在旁邊隨

時參考。所謂參考主要在體會原畫的筆意，只有傳出原畫的筆意才能刻得真不走樣。柔和的線條要保持它的柔和，剛勁的線條要顯出它的剛勁，無論甚麼形狀的筆觸要沒有斧鑿痕，全都像畫筆落在紙上的那個樣兒，這固然靠勾描的工夫到家，可是勾描得好而刻工差勁，那就前功盡棄。所以刻版子的人也得明白畫理，他要辨得出筆觸的意趣，能夠領會甚麼是柔和和剛勁，還得得心應手，實踐跟認識一致，才能把版子刻得像樣兒。鳥身上的羽毛，花心裏的花蕊，一絲一縷都得細細地刻。還有那些枯筆，筆意若斷若續，就得還它個若斷若續。落筆的地方是極細的一絲絲，一絲絲之間是空白的一絲絲，這些絲絲全要照樣刻出來，不容一絲有一些斧鑿痕。我國善本書的書版向來稱為精工的製作，現在談的這個畫版，比書版還要精工得多。

版子刻成以後，就是印刷了。先說說印刷的設備。這跟我同印木版書的設備一樣。印刷桌的平面上挖一道比較寬的空隙，木版固定在空隙的左邊，待印的一疊紙張固定在空隙的右邊。往右邊攤開的紙張翻到左邊的木版上，印過以後讓它從空隙那裏垂下去，再翻第二張。固定木版，現在榮寶齋用的是外科中醫用的膏藥。這東西膠性很強，不致移動，可是用力挪移木版還是可以挪動，試印的時候校正位置挺方便 —— 校正位置是一項重要工作，必須試得絲毫沒有差錯才能正式開印，不然就套不準。固定紙張的方法是拿一根木條把一疊紙的右邊壓住，木條兩頭拴緊，使它不能移動。一疊紙有它的厚度，壓住的時候必須使每一張稍微錯開點，這才從頭一張紙到末了一張紙，版子都能印在全張紙的同一個位置上。

印刷不用油墨，用中國畫畫家用的顏料。換句話說，原畫上用的甚麼顏料，印刷也用甚麼顏料。預先把顏料調好，水分多少，濃淡怎麼樣，都得對照原畫。原畫是早已乾了的，必須估計到調好的顏料印在紙上乾了以後怎麼樣，才可以不致差錯。這全憑經驗，經驗裏頭包括眼睛的辨別力，調色的技巧，還有對於紙張的性質的認識。

紙張用宣紙，因為中國畫畫家作畫大都用宣紙，既然要印造得跟原畫一模一樣，用紙自然應該相同。再說，用毛筆畫水彩畫只有畫在宣紙上最合適。道林紙、銅板紙上雖然不是絕對不能畫，畫出來至少會減少畫的意趣。譬如一筆濃筆畫在道林紙、銅版紙上，着筆的地方跟紙面空白的地方必然界限分明，像刀刻似的，這就減少了意趣。要是毛筆多蘸了些水，塗上去水就浮在紙面上，彩色着不上紙，那還成個畫？——像齊白石先生常畫的濃淡墨攙和着的大荷葉，道林紙、銅版紙上簡直沒法畫。宣紙比道林紙、銅版紙鬆，質地勻淨滋潤，能吸水，無論濃筆濕筆，塗上去全能適應。水彩、毛筆、宣紙是中岡水彩畫的物質條件，彩色木刻畫既然是仿造中國水彩畫，自然不能不採用宣紙。

印冊頁、條幅都用雙層宣紙，雙層是造紙的時候就黏起來的。用雙層紙印，彩色更好、更美觀。有些舊畫的紙張，顏色變了，不像新宣紙那麼白，仿造這些舊畫的時候，宣紙就得先染色，染成舊紙的顏色。

宣紙是安徽涇縣出產的，在宣城集中外銷，所以叫宣紙。歷史很久了，唐朝時候就有這種紙，明清兩代生產最發達。原料是檀木的皮。用途除供文人寫字作畫以外，還可以

印木版書。抗日戰爭一開始，涇縣的造紙戶全部垮了台，直到解放時期沒恢復。後來組織宣紙聯營處，最近又由地方政府投資，聯營處改為公私合營。造紙工人見宣紙還有相當的需要，都表示決心，保證今後數量夠用，質量提高。他們的經驗和技術足夠實現他們的保證，質量達到明清產品的標準不成問題，並且還可以超過。今後中國畫畫家和彩色木刻畫的印造家可以不愁沒有好紙用了。

現在該談印刷的方法了。印刷的時候，原畫當然也得掛在旁邊。工人用毛筆蘸了調好的顏料塗在版子上，然後翻過一張紙，左手把紙拉平，右手拿一個叫「耙子」的傢伙（大略像擦黑板的刷子，底面用棕皮包平，稍微有些彈性）在紙背面貼着版子的部分砑印[④]。這麼說來好像印刷挺簡單似的，其實不然。塗上顏料以後先得用一個細棕刷子（形狀像咱們剃鬍子時候拿來蘸肥皂的刷子，不過大得多，一火把細棕絲理得挺平的）刷過，使版面的顏料勻淨，邊緣上不致有溢出的顏料。如果是一塊有一部分該印淡色的版子，譬如一張秋海棠葉，右邊緣的綠色非常淡，那麼把綠色顏料塗在版子上以後，就得擦掉右邊緣的顏料，再用細棕刷子蘸了水輕輕刷過，然後印刷。這樣，右邊緣的顏料雖然擦掉，可是木板上還保留着綠色的水分，因而印出來剛好是極淡的綠色，又因為用刷子刷過，印出來的極淡的部分跟其他部分沒有劃然的

---

④　砑（yà）印，用卵石或弧形的石塊碾壓或摩擦皮革、布匹等，使密實而光亮。

界限。又如某一塊版子在原畫上是濕筆，塗在這塊版子上的顏料就得有適當的水分，水分必須不多也不少，印出來才能跟原畫一致。以上說的全是翻過紙來印刷以前的事兒。再說紙張蒙在版子上，拿耙子在紙背面矸印也大有分寸。哪塊版子該實實在在地印，哪塊版子只要輕輕一印，全靠對於掛在旁邊的原畫的體會。至於得心應手印得恰如其分，那就非有熟練技巧不可。

哪一色的版子先印，哪一色的版子後印，這裏頭有講究。哪一色得等前一色乾了以後印，哪一色得在前一色沒乾的時候印，這裏頭也有講究。這些講究全跟畫家作畫的當時一樣。遇到濃重的彩色，印一次不夠，就再印一次，甚至印三次，這等於畫家的畫筆在紙面上濃塗。

印小幅是一個人的工作。印比較大的就得添一個人，幫着翻紙張，拉平紙張。印過一張還得看看有沒有毛病，然後讓它從印刷桌的空隙那裏垂下去，工作當然不會怎麼快。整個工場裏靜靜的，跟現代印刷廠的氣氛完全不同。咱們跑進現代印刷廠的車間，所有機器都在那裏動，機器聲似乎把全車間的空氣給攪動了，因而視覺、聽覺、觸覺的器官全讓動的感覺給佔據了。在印刷彩色木刻畫的工場裏可沒有這樣的感覺。

還有一點該說一說。一幅畫經過印刷，許多版子的邊緣把紙面擠得窪下去，必然留下痕跡，這在原畫上顯然是沒有的。可是不礙事，印成的畫幅經過矸平托裱，就沒有甚麼了。

中國彩色畫也可以用彩色銅版、彩色膠版精印，可是銅

版印的、膠版印的總覺得像張照片（看銅版、膠版印的油畫就不大有這個感覺）。這是沒有辦法的，紙是銅版紙，彩色是油墨，物質條件不同了，當然不能完全傳出原畫的意趣。彩色木刻畫用的紙張、顏料跟原畫完全相同，只是用木版代替了毛筆，在雕刻和印刷的技術上又儘量設法不失毛筆畫的意趣，所以製成品簡直可以「亂真」。一幅精工的彩色木刻畫不但是上好的工藝品，而且是比原畫毫無愧色的藝術品。

一九五四年三月三日作

遊了三個湖

導讀

　　本文刊於《旅行家》1955 年第 1 期，收入《小記十篇》，又收入《葉聖陶集》第 7 卷。本文作於 1954 年 12 月 18 日，該年 10 月 16 日至 11 月 4 日，葉聖陶攜夫人南下休養旅行。三個湖，指玄武湖、太湖、西湖。10 月 21 日，作者一行人遊玄武湖；10 月 22 日，由二兒子葉至誠夫婦陪伴遊覽太湖；10 月 28 日，遊西湖。本文即記錄了這三次遊湖的所見所感。

　　遊記，是中國傳統文人士大夫喜好的一種文體，對遊覽旅行的過程進行記載。但本文跟傳統遊記不同，並不按照遊覽順序進行寫作。本文分兩部分，第一部分談三點新鮮的見聞，一是玄武湖和西湖都疏浚了；二是三個湖上都建立了療養院；三是到處都顯得整潔。第二部分談遊覽印象，記述了遊湖過程中的見聞、感受。

　　本文的特色在第一部分，其中所寫三個方面，正是對新中國的歌頌。《成都的樹木》、《從西安到蘭州》、《遊臨潼》等文章，可知作者對新中國成立後發生的種種可喜的變化發自內心地進行讚美。而第二部分的遊覽印象，則體現了作者較高的審美能力。

　　這回到南方去，遊了三個湖。在南京，遊玄武湖；到了無錫，當然要望望太湖；到了杭州，不用說，四天的盤桓離不了兩湖。我跟這三個湖都不是初相識，跟西湖尤其熟，可是這回只是浮光掠影地看看，寫不成名副其實的遊記，只能隨便談一點。

　　首先要說的，玄武湖和西湖都疏浚了。西湖的疏浚工程，做的五年的計劃，今年四月初開頭，聽說要爭取三年完成，每天挖泥船軋軋軋地響着，連在鏈條上的兜兒一兜兜地把長遠沉在湖底裏的黑泥挖起來。玄武湖要疏浚，為的是恢復湖面的面積，湖面原先讓淤泥和湖草佔去太多了。湖面寬了，遊人划船才覺得舒暢，望出去心裏也開朗。又可以增多魚產，湖水寬廣，魚自然長得多了。西湖要疏浚，主要為的是調節杭州城的氣候。杭州城到夏天，熱得相當厲害，西湖的水深了，多蓄一點熱，岸上就可以少熱一點。這些個都是顧到居民的利益。顧到居民的利益，在從前，哪兒有這回事？—— 只有現在的政權，人民自己的政權，才當作頭等重要的事，在不妨礙國家社會主義工業化的前提之下，非盡可能來辦、不可。聽說，玄武湖平均挖深半公尺以上，西湖準備平均挖深一公尺。

　　其次要說的，三個湖上都建立了療養院 —— 工人療養院或者機關幹部療養院。玄武湖的翠洲有一所工人療養院，太湖邊上到底有幾所療養院，我也說不清。我只訪問了太湖邊中犢山的工人療養院。在從前，賣力氣、淌汗水的工人哪有療養的份兒？—— 害了病還不是咬緊牙關帶病做活，直到真個掙扎不了，跟工作、跟生命一齊分手？—— 至於休

養，那更是做夢也想不到的事，休養等於放下手裏的活閒着，放下手裏的活閒着，不是連吃不飽肚子的一口飯也沒有着落了嗎？—— 只有現在這時代，人民當了家，知道珍愛創造種種財富的夥伴，才要他們療養，而且在風景挺好、氣候挺適宜的所在給他們建立療養院。以前人有句詩道，「天下名山僧佔多」。咱們可以套用這一句的意思説，目前雖然還沒做到，往後一定會做到，凡是風景挺好、氣候挺適宜的所在，療養院全得佔。僧佔名山該不該，固然是個問題，療養院佔好所在，那可絕對地該。

又其次要説的，在這三個湖邊上走走，到處都顯得整潔。花草栽得整齊，樹木經過修剪，大道小道全掃得乾乾淨淨，在最容易忽略的犄角裏或者屋背後也沒有一點垃圾。這不只是三個湖邊這樣，可以説哪兒都一樣。北京的中山公園、北海公園不是這樣嗎？—— 撇開園林、風景區不説，咱們所到的地方雖然不一定栽花草、種樹木，不是也都乾乾淨淨，叫你剝個橘子吃也不好意思把橘皮隨便往地上扔嗎？—— 就一方面看，整潔是普遍現象，不是為奇；就另一方面看，可就大大值得注意；做到那樣整潔絕不是少數幾個人的事。固然，管事的人如栽花的、修樹的、掃地的，他們的勤勞不能缺少，整潔是他們的功績。可是，保持他們的功績，不讓他們的功績一會兒改了樣，那就大家有份兒，凡是在那裏、到那裏的人都有份兒。你栽得整齊，我隨便亂踩，不就改了樣嗎？—— 你掃得乾淨，我嗑瓜子亂吐瓜子皮，不就改了樣嗎？—— 必須大家不那麼亂來，才能保持經常的整潔。新中國成立以來，屬於移風易俗的事項很不

少，我想，這該是其中的一項。回想過去時代，凡是遊覽地方、公共場所，往往一片凌亂、一團骯髒，那種情形永遠過去了，咱們從「愛護公共財物」的公德出發，已經養成了到哪兒都保持整潔的習慣。

現在談談這回遊覽的印象。

出玄武門，走了一段堤岸，在岸左邊上小划子。那是上午九點光景，一帶城牆受着晴光，在湖面和藍天之間劃一道界限。我忽然想起四十多年前頭一次遊西湖，那時候杭州靠西湖的城牆還沒拆，在西湖裏朝東看，正像在玄武湖裏朝西看一樣，一帶城牆分開湖和天。當初築城牆當然為的防禦，可是就靠城的湖來説，城牆好比園林裏的迴廊，起掩蔽的作用。迴廊那一邊的種種好景致，亭台樓館、花塢假山，遊人全看過了，從迴廊的月洞門走出來，瞧見前面別有一番境界，禁不住喊一聲「妙」，遊興益發旺盛起來。再就迴廊這一邊説，把這一邊、那一邊的景致合在一塊兒看也許太繁複了，有一道迴廊隔着，讓一部分景致留在想像之中，才見得繁簡適當，可以從容應接。這是園林裏修迴廊的妙用。湖邊的城牆幾乎跟迴廊完全相仿。所以西湖邊的城牆要是不拆，遊人無論從湖上看東岸或是從城裏出來看湖上，就會感覺另外一種味道，跟現在感覺的大不相同。我也不是説西湖邊的城牆拆壞了。湖濱一並排是第一公園至第六公園，公園東面隔着馬路，一帶相當齊整的市房，這看起來雖然繁複些，可是照構圖的道理説，還成個整體，不致流於瑣碎，因而並不傷美。再説，成個整體也就起迴廊的作用。然而玄武湖邊的城牆，要是有人主張把它拆了，我就不贊成。不知道為甚

麼，我總覺得那城牆的線條，那城牆的色澤，跟玄武湖的湖光、紫金山、覆舟山的山色配合在一起，非常調和，看來挺舒服，換個樣就不夠味兒了。

　　這回望太湖，在無錫黿頭渚[①]，又在黿頭渚附近的湖面上打了個轉，坐的小汽輪。黿頭渚在人湖的北邊，是突出湖面的一些岩石，佈置着曲徑蹬道、迴廊荷池、叢林花圃、亭榭樓館，還有兩座小小的僧院。整個黿頭渚就是個園林，可是比一般園林自然得多，何況又有浩渺無際的太湖做它的前景。在沿湖的石上坐下，聽湖波拍岸，挺單調，可是有韻律，彷彿覺得這就是所謂靜趣。南望馬跡山，只像山水畫上用不太淡的墨水塗上的一抹。我小時候，蘇州城裏賣芋頭的往往喊「馬跡山芋艿」。抗日戰爭時期，馬跡山是遊擊隊的根據地。向來說太湖七十二峯，據說實際不止此數。多數山峯比馬跡山更淡，像是畫家蘸着淡墨水在紙面上帶這麼一筆而已。至於我從前到過的滿山果園的東山，石勢雄奇的西山，都在湖的南半部，全不見一絲影。太湖上漁民很多，可是湖面太寬闊了，漁船並不多見，只見黿頭渚的左前方停着五六隻，風輕輕地吹動桅杆上的繩索，此外別無動靜。大概這不是適宜打魚的時候。太陽漸漸升高，照得湖面一片銀亮。碧藍的天空中飄着幾朵若有若無的薄雲。要是天氣不好，風急浪湧，就會是一幅完全不同的景色。從前人描

① 　黿（yuán）頭渚（zhǔ），地名，位於太湖北邊，因巨石突入湖中，形狀酷似神龜昂首而得名，風光秀美，景觀頗多。渚，水中小塊陸地。

寫洞庭湖、鄱陽湖，往往就不同的氣候、時令着筆，反映出外界現象跟主觀情緒的關係。畫家也一樣，風雨晦明、雲霞出沒，都要研究那光和影的變化，憑畫筆描繪下來，從這裏頭就表達出自己的情感。在太湖邊作較長時期的流連，即使不寫甚麼文章，不畫甚麼畫，精神上一定會得到若干無形的補益。可惜我來也匆匆，去也匆匆，只能有兩三個鐘頭的勾留。

剛看過太湖，再來看西湖，就有這麼個感覺，西湖不免小了些，甚麼東西都挨得近了些。從這一邊看那一邊，岸灘、房屋、林木，全都清清楚楚，沒有太湖那種開闊浩渺的感覺。除了湖東岸沒有山，三面的山全像是直站到湖邊，又沒有襯托在背後的遠山。於是來了個總的印象：西湖彷彿是盆景，換句話說，有點小擺設的味道。這不是給西湖下貶詞，只是直說這回的感覺罷了。而且盆景也不壞，只要佈局得宜。再說，從稍微遠一點的地點看全局，才覺得像個盆景，要是身在湖上或是湖邊的某一個所在，咱們就成了盆景裏的小泥人兒，也就沒有像個盆景的感覺了。

湖上那些舊遊之地都去看看，像學生溫習舊課似的。最感覺舒坦的是蘇堤。堤岸正在加寬，拿挖起來的泥壅[2]一點在那兒，鞏固沿岸的樹根。樹栽成四行，每邊兩行，是柳樹、槐樹、法國梧桐之類，中間一條寬闊的馬路。妙在四行樹接葉交柯，把蘇堤籠成一條綠蔭掩蓋的巷子，掩蓋而絕不

[2]　壅（yōng），堵塞。

叫人覺得氣悶，外湖和裏湖從錯落有致的枝葉間望去，似乎時時在變換樣子。在這條綠蔭的巷子裏騎自行車該是一種愉快。散步當然也挺合適，不論是獨個兒、少數幾個人還是成羣結隊。以前好多回經過蘇堤，似乎都不如這一回，這一回所以覺得好，就在乎樹補齊了而且長大了。

靈隱也去了。四十多年前頭一回到靈隱就覺得那裏可愛，以後每到一回杭州總得去靈隱，一直保持着對那裏的好感。一進山門就望見對面的飛來峯，走到峯下向右拐彎，通過春淙亭，佳境就在眼前展開。左邊是飛來峯的側面，不說那些就山石雕成的佛像，就連那山石的凹凸、俯仰、向背，也似乎全是名手雕出來的。石縫裏長出些高高矮矮的樹木，蒼翠、茂密，姿態不一，又給山石添上點綴。沿峯腳是一道泉流，從西往東，水大時候急急忙忙，水小時候從從容容，泉聲就有宏細疾徐的分別。道跟泉流平行。道左邊先是壑雷亭，後是冷泉亭，在亭子裏坐，抬頭可以看飛來峯，低頭可以看冷泉，道右邊是靈隱寺的圍牆，淡黃顏色。道上多的是大樹，又大又高，說「參天」當然嫌誇張，可真做到了「蔭天蔽日」。暑天到那裏，不用說，頓覺清涼，就是旁的時候去，也會感覺「身在畫圖中」。自己跟周圍的環境融和一氣，挺心曠神怡的。靈隱的可愛，我以為就在這個地方。道上走走，亭子裏坐坐，看看山石，聽聽泉聲，夠了，享受了靈隱了。寺裏頭去不去，那倒無關緊要。

這回在靈隱道上大樹下走，又想起常常想起的那個意思。我想，無論甚麼地方，尤其在風景區，高大的樹是寶貝，除了地理學、衛生學方面的好處而外，高大的樹又是觀

賞的對象，引起人們的喜悅不比一叢牡丹、一池荷花差，有時還要勝過幾分。樹冠和枝幹的姿態，這些姿態所表現的性格，往往很耐人尋味。辨出意味來的時候，咱們或者說它「如畫」，或者說它「入畫」，這等於說它差不多是美術家的創作。高大的樹不一定都「如畫」、「入畫」，可是可以修剪，從審美觀點來斟酌。一般大樹不比那些灌木和果樹，經過人工修剪的不多，風吹斷了枝，蟲蛀壞了幹，倒是常有的事，那是自然的修剪，未必合乎審美觀點。我的意思，風景區的大樹得請美術家鑒定，哪些不用修剪，哪些應該修剪。凡是應該修剪的，動手的時候要遵從美術家的指點，惟有美術家才能就樹的本身看，就樹跟環境的照應配合看，決定怎麼樣叫它「如畫」、「入畫」。我把這個意思寫在這裏，希望風景區的管理機關考慮，也希望美術家注意。我總覺得美術家為滿足人民文化生活的要求，不但要在畫幅上用功，還得擴大範圍，對生活環境的佈置安排也費一份心思，加入一份勞力，讓環境跟畫幅上的創作同樣地美 —— 這裏說的修剪大樹就是其中一個項目。

一九五四年十二月十八日作

遊了三個湖

185

景泰藍的製作

導讀

　　本文刊於 1955 年《旅行家》第 3 期，後收入《小記十篇》，又收入《葉聖陶集》第 7 卷。景泰藍，又名「銅胎掐絲琺瑯」，是一種瓷銅結合的獨特工藝品，或說產生於唐代，或說元朝時由西亞傳入。明代景泰年間最為盛行，因當時多用藍色，故名景泰藍。景泰藍造型特異，製作精美，是我國傳統出口工藝品。

　　本文是一篇說明文，詳細介紹了景泰藍的製作過程。第一步是製胎，因景泰藍以紅銅作胎，所以「製胎的工作其實就是銅器作的工作」；第二步是掐絲，將銅絲製成山水、花鳥、人物等各種線條圖案，黏在銅胎上；第三步是塗色料，又叫點藍，即把顏料塗在銅絲製成的線條圖案裏面；第四步是燒，要塗三回燒三回；最後一道工序是打磨。從這一程序可以看出，景泰藍的製作過程非常複雜，而且整個過程全是手工，體現了中國人民的勤勞和智慧。正如在《榮寶齋的彩色木刻畫》中提到的，作者對景泰藍這種傳統工藝充滿了熱愛和自豪，所以寫作了這樣一篇詳實的文章。

一天下午，我們去參觀北京市手工業公司實驗工廠。粗略地看了景泰藍的製作過程。景泰藍是多數人喜愛的手工藝品，現在把它的製作過程說一下。

景泰藍拿紅銅做胎，為的紅銅富於延展性，容易把它打成預先設計的形式，要接合的地方又容易接合。一個圓盤子是一張紅銅片打成的，把紅銅片放在鐵砧上盡打盡打，盤底就窪了下去。一個比較大的花瓶的胎分作幾截，大概瓶口，瓶頸的部分一截，瓶腹鼓出的部分一截，瓶腹以下又是一截。每一截原來都是一張紅銅片。把紅銅片圈起來，兩邊重疊，用鐵椎盡打，兩邊就接合起來了。要圓筒的哪一部分擴大，就打哪一部分，直到符合設計的意圖為止。於是讓三截接合起來，成為整個的花瓶。瓶底可以焊上去，也可以把瓶腹以下的一截打成盤子的形狀，那就有了底，不用另外焊了。瓶底下面的座子，瓶口上的寬邊，全是焊上去的。至於方形或是長方形的東西，像果盒、煙捲盒之類，盒身和蓋子都用一張紅銅片摺成，只要把該接合的轉角接合一下就是，也不用細說了。

製胎的工作其實就是銅器作的工作，各處城市大都有這種銅器作，重慶還有一條街叫打銅街。不過銅器作打成一件器物就完事，在景泰藍的作場裏，這只是個開頭，還有好多繁複的工作在後頭呢。

第二步工作叫掐絲，就是拿扁銅絲（橫斷面是長方形的）黏在銅胎表面上。這是一種非常精細的工作。掐絲工人心裏有譜，不用在銅胎上打稿，就能自由自在地黏成圖畫。譬如黏一棵柳樹吧，幹和枝的每條線條該多長，該怎麼彎

曲，他們能把銅絲恰如其分地剪好、曲好，然後用鉗子夾着，在極稠的白芨漿裏蘸一下，黏到銅胎上去。柳樹的每個枝子上長着好些葉子，每片葉子兩筆，像一個左括號和一個右括號，那太細小了，可是他們也要細磨細琢地黏上去。他們簡直是在刺繡，不過是繡在銅胎上而不是繡在緞子上，用的是銅絲而不是絲線、絨線。

他們能自由地在銅胎上黏成山水、花鳥、人物種種圖畫，當然也能按照美術家的設計圖樣工作。反正他們對於銅絲，好像畫家對於筆下的線條，可以隨意驅遣，到處合適。美術家和掐絲工人的合作，使景泰藍器物推陳出新，博得多方面人士的愛好。

黏在銅胎上的圖畫全是線條畫，而且一般是繁筆，沒有疏疏朗朗只用少數幾筆的。這裏頭有道理可說。景泰藍要塗上色料，銅絲黏在上面，塗色料就有了界限。譬如柳條上的每片葉子由兩條銅絲構成，綠色料就可以填在兩條銅絲中間，不至於溢出來。其次，景泰藍內裏是銅胎，表面是塗上的色料，銅胎和色料膨脹率不相同。要是色料的面積佔得寬，燒過以後冷卻的時候就會裂。還有，一件器物的表面要經過幾道打磨的手續，打磨的時候着力重，容易使色料剝落。現在在表面黏上繁筆的銅絲圖畫，實際上就是把表面分成無數小塊，小塊面積小，無論熱脹冷縮都比較細微，又比較禁得起外力，因而就不至於破裂、剝落。通常談文藝有一句話，叫「內容決定形式」，咱們在這兒套用一下，是製作方法和物理決定了景泰藍掐絲的形式。咱們看見有些景泰藍上面的圖案畫，在圖案畫以外，或是紅地，或是藍地，只要

佔的面積相當寬，那裏就嵌幾條曲成圖案形的銅絲。為甚麼一色中間還要嵌銅絲呢？無非使較寬的表面分成小塊罷了。

黏滿了銅絲的銅胎是一件值得驚奇的東西。且不說自在畫怎麼生動美妙，圖案畫怎麼工整細緻，單想想那麼多密密麻麻的銅絲沒有一條不是專心一志黏上去的，黏上去以前還得費盡心思把它曲成最適當的筆畫，那是多麼大的工夫！一個二尺半高的花瓶，掐絲就要花四五十個工。咱們的手工藝品往往費大工夫，刺繡、刻絲、象牙雕刻，全都在細密上顯能耐。掐絲跟這些工作比起來，可以說不相上下，半斤八兩。

剛才說銅絲是蘸了白芨漿黏在銅胎上的，白芨漿雖然稠，卻經不住燒，用火一燒就成了灰，銅絲就全都落下來了，所以還得焊。現在沾滿了銅絲的銅胎上噴水，然後拿銀粉、銅粉、硼砂三種東西拌和，均勻地篩在上邊，放到火裏一燒，白芨成了灰，銅絲就牢牢地焊在銅胎上了。

隨後就是放到稀硫酸裏煮一下，再用清水洗。洗過以後，表面的氧化物和其他髒東西得去掉了，塗上的色料才可以緊貼着紅銅，製成品才可以結實。

於是輪到塗色料的工作了，他們管這個工作叫點藍。圖上的色料有好些種，不只是一種藍色料，為甚麼單叫做點藍呢？原來這種製作方法開頭的時候多用藍色料，當時叫點藍，就此叫開了（我們蘇州管銀器上塗色料叫發藍，大概是同樣的理由）。這種製品從明朝景泰年間十五世紀中葉開始流行，因而總名叫景泰藍。

用的色料就是製顏色玻璃的原料，跟塗在瓷器表面的釉

料相類。我們在作場裏看見的是一塊塊不整齊的硬片，從山東博山運來的。這裏頭基本質料是硼砂、硝石和鹼，因所含的金屬礦質不同，顏色也就各異，大概含鐵的作褐色，含鈾的作黃色，含鉻的作綠色，含鋅的作白色，含銅的作藍色，含金、含硒的作紅色……

他們把那些硬片放在鐵臼裏搗碎研細，篩成細末應用。細末裏頭不免攙和着鐵臼上磨下來的鐵屑，他們利用吸鐵石除掉它。要是吸得不乾淨，就會影響製成品的光彩。看來研磨色料的方法得講求改良。

各種色料的細末都盛在碟子裏，和着水，像畫家的畫桌上一樣，五顏六色的碟子一大堆。點藍工人用挖耳似的傢伙舀着色料，填到銅絲界成的各種形式的小格子裏。大概是熟極了的緣故，不用看甚麼圖樣，自然知道哪個格子裏該填哪種色料。濕的色料填在格子裏，比銅絲高一些。整個表面填滿了，等它乾燥以後，就拿去燒。一燒就低了下去，於是再填，原來紅色的地方還是填紅色料，原來綠色的地方還是填綠色料。要填到第三回，燒過以後，色料才跟銅絲差不多高低。

現在該說燒的工作了。塗色料的工作既然叫點藍，不用說，燒的工作當然叫燒藍。一個燒得挺旺的爐子，燃料用煤，爐膛比較深，周圍不至於碰着等着燒的銅胎。燒藍工人把塗好色料的銅胎放在鐵架子上，拿着鐵架子的彎柄，小心地把它送到爐膛裏去。只要幾分鐘工夫，提起鐵架子來，就看見銅胎全體通紅，紅得發亮，像燒得正旺的煤。可是不大

工夫紅亮就退了，塗上的色料漸漸顯出它的本色，紅是紅綠是綠的。

塗了三回燒了三回以後，就是打磨的工作了。先用金剛砂石水磨，目的在使成品的表面平整。所謂平整，一是銅絲跟塗上的色料一樣高低；二是色料本身也不許有一點高高窪窪。磨過以後又燒一回，再用磨刀石水磨。最後用椴木炭水磨，目的在使成品的表面光潤。椴木木質勻淨，用它的炭來水磨，成品的表面不起絲毫紋路，越磨越顯得鮮明光滑。旁的木炭都不成。

椴木炭磨過，看來晶瑩燦爛，沒有一點缺憾，成一件精製品了，可是全部工作還沒完，還得鍍金。金鍍在全部銅絲上，方法用電鍍。鍍了金，銅絲就不會生鏽了。

全部工作是手工，只有待打磨的成品套在轉輪上，轉輪由馬達帶隊的皮帶轉動，算是借一點機械力。可是拿着蘸水的木炭、磨刀石挨着轉動的成品，跟它摩擦，還得靠打磨工人的兩隻手。起瓜楞①的花瓶就不能套在轉輪上打磨，因為表面有高有低，窪下去的地方磨不着。那非純用手工打磨不可。

一九五五年三月二十二日作

---

① 瓜楞，指形狀如瓜的物品上有條狀的突起。

責任編輯　楊紫東
封面設計　高　林
版式設計　鄧佩儀
排　版　陳美連
印　務　劉漢舉

名家散文必讀系列

葉聖陶

作者　葉聖陶

導讀　李斌

出版 | 中華教育

香港北角英皇道 499 號北角工業大廈 1 樓 B 室

電話：（852）2137 2338　傳真：（852）2713 8202

電子郵件：info@chunghwabook.com.hk

網址：http://www.chunghwabook.com.hk

發行 | 香港聯合書刊物流有限公司

香港新界荃灣德士古道 220-248 號 荃灣工業中心 16 樓

電話：（852）2150 2100　傳真：（852）2407 3062

電子郵件：info@suplogistics.com.hk

印刷 | 美雅印刷製本有限公司

香港觀塘榮業街 6 號海濱工業大廈 4 樓 A 室

版次 | 2023 年 7 月第 1 版第 1 次印刷

©2023 中華教育

規格 | 32 開（195mm x 140mm）

ISBN | 978-988-8809-91-2